하루의 기분과 명랑을 위해

하루의 기분과 명랑을 위해

ⓒ박세현, 2025

1판 1쇄 인쇄__2025년 03월 20일
1판 1쇄 발행__2025년 03월 30일

지은이__박세현
펴낸이__양정섭

펴낸곳__경진출판
　　　　주소__서울특별시 금천구 시흥대로 57길17(시흥동, 영광빌딩), 203호
　　　　전화__070-7550-7776　팩스__02-806-7282
　　　　스마트스토어__https://smartstore.naver.com/kyungjinpub
　　　　이메일__mykyungjin@daum.net

값 12,000원
ISBN 979-11-93985-51-9　03810

하루의 기분과 명랑을 위해

/

박세현의 시

경진출판

차례

몽

한국어 시집 9할은 쓰레기다.
그래도 그렇지
어떻게 저런 말을
너무 가까이 들리는 저
선언의 간결성에 엮이면서 꾹
나도 모르게 좋아요를 누른다
한 번 더 깊게 누르면서 으으음,
무박자의 신음을 뿜어내면서
설마

나는 아니겠지
아닐 거야

(더 보기)
인적 없는 문학사의 공터로 (조용히) 끌려가
열나게 얻어터지면서 목숨만은 살려달라고
애원하다 외마디 비명을 지르며 깨어나는
박 아무개 옹

그만하면

그만하면 잘 쓴다
이 말이 어떤 개념인지 헷갈리면서
더러 써먹기도 한다
예를 들자면

그만하면 성공한 거지
그만하면 착한 사람이야
이도 저도 아닌 날은
카프카를 읽으면서 중얼거린다
그만하면 잘 쓴 거지
그만하면
此詩非詩

시월

트렌치코트 깃을 세우고
저 초가을 햇빛 사이로 나가자
(그런데 코트가 없군)
우아하게 모자를 쓰는 거야
위대한 개츠비가 썼던 모자 같은
(이런! 모자도 없어)
잠시 망설인다
세상 모든 일이 내가 끼어들면
이런 식으로 어긋나버린다
(이것도 음모론의 형태일까)
할 수 없지 입던 옷 그대로
맨몸으로 맨정신으로
가을의 한복판으로 나서 보자
시월이니까
철학을 보충할 광합성이 필요하니까

남모르게 살아야 하는 밤

그때는 몰랐던 일
살지 못했던 시간이 찾아온다
어서 오세요
눈보라가 허공을 휘젓듯이
미처 살아보지 못하고 사라진
삶의 한순간을 살아 본다
어두운 저녁 더듬거리며
건너편 그곳을 찾아간다
저를 아실까요?
흘러간 노래의 후렴이 그렇고
예전 국산영화의 어색한 연기도 그렇다
미완의 사랑도 아름답다고 쓰면 완결되겠지만
삶의 한편에서 웅성거리는 미해결의 순간을
남모르게 살아야 하는 밤도 있다

개인 사정

내일은
개인 사정으로 쉽니다
김밥집 유리창에 붙은 안내문이다
궁금하지만 그건
말 그대로 개인 사정이다
덜 익은 낙엽 하나 툭
소리도 생략하고 개인적으로 떨어진다

참, 시적이야
항상 김밥집 주인에 대해 알고 싶었지만
감히 옆집 노래방 사장에게 물어보지 못한
모든 것이 편의점 진열대에 전시된다

저녁

이 말이 좋네
등뒤에 와 말없이 앉아있는
옛날 숙녀 같은 저녁
수년 전 만해마을 집필실에
머물렀던 적 있다
시를 쓰겠다고 간 건 아니고
그냥 놀러 갔다
선녀탕까지 갔다가
선녀는 못 만나고 돌아오는 게
일과의 전부였다
백담사 왕초 오현 스님에게 엿들은 법문
'여긴 삼류들만 와!'
그때 몸속으로 정신없이 흩날리던
용대리의 뜨거운 눈보라
심심해서 집필실 도서관에서
송기원의 시집을 빌렸는데
여태 반납하지 않았다
시집 제목은 『저녁』(실천문학사, 2010)
지금 그 시집이 어디 있는지

나도 모르고 산다
올해 송작가도 죽었다
그나저나 저녁이라는 말
먼저 죽은 육촌누이의 체온 같구나
나라도 안아줘야지

아이스크림의 영혼

나는 검색한다
긁었던 자리 또 긁듯이
검색하고 또 검색한다

이를테면 밤바다
이를테면 영진해변의 파도소리
양철지붕을 적시는 밤빗소리
장률과 정성일의 밤샘 토론
바람 속을 걸었던 끝없는 들판길
두 사람의 무라카미
오규원이 요양하며 머물렀던 영월 무릉리
고교 친구들과 만든 등사판 시집
내 시의 모든 기원은 그때 거기다
이제는 다 삭아서 만지면 부서진다
더는 만질 수 없는 시간, 시간
창 너머로 늦게 귀가하는 발걸음도 있다
나도 어디론가 돌아가는 도중에 있다

도리스 레싱

88세로 노벨문학상을 타먹은
영국 작가 도리스 레싱
그녀는 훗날 자신은 인터뷰와
사진 찍는 일로 세월 보낸다며
수상을 멋쩍어하기도 했다
그럴 수도 있겠다

상금은 손자들이 다 가져가고
얼마 남지 않았다고 털어놓았다
이 대목이 노소설가의 이 말이
목에 힘준 수상소감보다 어쩌면
그녀의 소설보다
백 배는 좋다

수유리에서

늘 그런 생각을 했던 것 같지만
늘은 아니다
나도 심심함으로 바쁜 사람이다
그것은 참 시시한 생각
들어보면 코웃음 치고도 남을 일이다
수유리라는 제목으로 시를 쓰는 일이
그것인데 싱거워서 나는 웃는다
그게 뭐라고,
단지 저자 서문에다 '수유리에서'라고
써보고 싶은 허영 같은 게 움직였을 뿐이다
이런 잡념을 기념하기 위해
가을엔 수유리에 가봐야겠다
나뭇잎 우수수 떨어지는 그냥 수유리에서
소문 없이 늙고 있을 노시인의 집 앞을
걸어보리라 지나간다는 생각 없이
혼자 지나가보리라

내가 박세현에게 추천한 영화

광기가 우리를 갈라놓을 때까지(왕빙)

쇼잉 업(켈리 라이카트)

동경 이야기(오즈 야스지로)

위대한 부재(치카우라 케이)

천당의 밤과 안개(정성일)

우리의 하루(홍상수)

군산(장률)

퍼펙트 데이즈(빔 벤더스)

주리(김동호)

드라이브 마이 카(하마구치 류스케)

강변의 무코리타(오기가미 나오코)

붉은 장미의 추억(백재호)

그들은 피아노 연주자를 쐈다

(페르난도 트루에바/하비에르 마리스칼)

아침바다 갈매기는(박이웅)

컴플리트 언노운(제임스 맨골드)

그런 말에 속아주고 싶은(박세현)

김민기 선집

김민기는
70년대 보안사 취조실에서
'죽도록' 맞던 당시,
"나 때문에 이들이 죄를 짓고 있구나 싶어...
갑자기 미안한 생각이 들었다"고 말했다.

'나 이제 가노라
저 거친 광야에 서러움 모두 버리고
나 이제 가노라'
(이 노래는 스무살적 늦가을날
맞상을 한 여자에게 민망함을 선물하고
강릉역 광장을 걸어나오면서 읊조렸던
아무와도 공유할 수 없는 허전한 신음이다
내용 없는 서러움!
스무살에게 언제나 이 노래를 바친다)

　새겨야 할 김민기의 어록:
　내가 뭐라고 이름을 남기겠나

끝난 사랑도 사랑

책을 정리하다가
버려진 책더미에서 김춘수 시선집을
발견하고는(누가 볼까 봐) 얼른 다시
거두어들인다 1976년 정음사판
정가 500원에 눈길이 오래 머문다

죄송합니다
선생님인 줄 몰랐습니다
좋은 날 새로 버리도록 하겠습니다

어느 세월에 다시 읽겠는가만
품고 있을 때까지는 품고 있어야겠지
끝난 사랑도 사랑이니까요

아무튼

교보에서 지젝의 신간을 들고 왔다.
볼륨이 장난 아니다
저자는 힘도 좋군
낮잠용 베개로는 제격이다
입이 마르고 등이 가려울 때
한 줄씩 읽어야겠다
읽는다는 보장은 없다
장담하지만
이제 벽돌책을 읽을 일은 없다
다시 장담하지만
저자도 읽지 않을 것이다
장담한다
공산주의자 지젝은 자기 아파트에서
당뇨약을 삼키고 있겠지
나처럼 매주 분리수거를 하고 있을까
그는 누구를 믿고 사느냐? 마르크스
헤겔 라캉 재혼한 젊은 아내?
(그사이 헤어졌을지도)
아무나 믿고 싶은 나는

책값을 3개월 할부로 끊었다
쓰다 보니 지젝과 하루키는
1949년생 갑장이군
아무튼

끝내주는군

바흐의 영국 모음곡을 검색하면서

잠시 그윽하고 싶은 생각 곁에서

유월의 밤을 지나간다

어제는 시를 수정하다가 깜빡

시 행간에다 마음 놓고 나오는 바람에

마음 없이 종일 홀가분을 살았다

그런 날도 있어야지, 그럼

이런 것도 시 쓰는 보람이지

강릉집 앞에서 버스를 기다리는데

버스는 제시간에 오지 않는다

이 버스는 건너�뛸 때도 있어요

같이 기다리던 여자 노인의 말이

귓속으로 들어왔다가 도로 나간다

건너뛸 수도 있는 거지

마음 여러 칸을 건너뛰면서

한때 몸으로 살았던 마을을 낯설게 걷는다

한때는 음악감상실이 있던 자리

한때는 덜 익은 꿈이 있던 자리

모두 사라졌으나 여직 거기 웅크리고 있는

촌스러운 마음을 쓰다듬는다
그때 도착한 휴대폰 문자

　팍시인, 시집 받을 주소는?
　우편번호도

문득 아니 느닷없이 아니 미치도록
내 주소가 떠오르지 않는 게 아니던가
지금 나는 어디에도 없구나
끝내주는군

잠시 침묵

허먼 멜빌의 장례식에는
부인과 두 딸만 참석했다
잠시 침묵

멜빌은 하이픈과 같은 문장부호에
극도의 신경을 쓴 작가였다지만
정작 뉴욕 타임스 부고란에는
'Mobie Dick'의 작가로만 소개되었단다
생략된 하이픈에 대해서도
침묵하자

(더 보기)
장 뤽 고다르는 아파서가 아니라 삶에 지쳐서
조력자살 선택. 장례식 없이 화장

도착해보니

시인입네 하면서 살다가
도착해보니
거기 다들 모였더군
시인 비슷한 시인들
내가 있을 곳은 아니어서
돌아서려는데
큰 손이 멱살을 잡는다
여기가 당신 자리거든
갔다가 다시 오면 안 되겠소?
낙장불입이오
여긴 시 비슷한 시만 썼던
자칭 시인들만 모이는 종착역이거든요
잘 아실 텐데

그냥 하는 거지요

"무슨...
생각을 해요...
그냥 하는 거지요.
내가 참 고생이 많다."
피겨스케이트 선수 김연아의 어록이다.
무릎을 탁 쳤는데 치고 보니
다른 사람 무릎이다.

아니 에르노의 장편소설
『나는 나의 밤을 떠나지 않는다』를 읽던 밤이다.

구름 저 너머로 날아가는 시

그를 시인 아무개라 해두자.
독자의 지지도 없고 문단도
아는 체 하지 않는 흔한 시인.
재야인사 장기표도 아니면서
장기표류중인 그는 이런 사태가
공평하지 않다고 투덜거리면서
그동안 써온 시를 창밖으로 휙
던져버린다. 지나가던 나이 든
여자의 얼굴에 그의 시가 걸린다.
재수 없어. 여자는 짜증을 내면서
역시 시를 더 멀리 던져버린다.
길 가던 젊은이가 시를 쓱 보더니
일초의 망설임 없이 구겨서 편의점 앞
휴지통에 던져버린다. 시는 그제서야
휴지통에서 빠져나와 자기만 아는
스트레칭을 하면서 홀로 날아오른다.
높은 하늘 구름 저 너머로
날아가는 시. 뒤가
보이지 않는다

속보

아침나절까지 부슬거리던 비는 그쳤다
우산 없이 KTX역까지 걸었다

오늘은 서울 가는 날
가지 않아도 되는 날

신용금고 앞 신호등 없는 건널목에서
브레이크를 밟아준 새파랗게 젊은 운전자에게
허리 숙여 인사했다

잘했다

日記

지금 나는
조금만 위험하시다
걱정할 만큼은 아니고 누구의 위로도
소용없는 어디쯤을 서성거린다
헤맨다가 더 정확하겠다
경포와 사근진의 경계
오리바위와 십리바위 사이
가을의 변방°에서
구름과 구름 사이를 건너뛰며
허공의 끝자락을 살고 있음이다
외로움도 바닥이 나거든
우연이라는 듯이
그곳에서 눈길 한번 마주칩시다

°심재휘

세차장 에피소드

세차장에서 차에 거품을 묻히고 있는데
한 남성 인류가 다가와 5백원만 빌려주면
계좌이체를 해주겠다며 손을 내밀었다
동전 두 개를 건네주었다
이런 날도 있군

이 멋진 얘기를 아내에게 했더니
한 개만 주지 왜 두 개를 줬냐고 그런다
시인이 어떻게 한 개만 주겠는가!
아내가 말한다
그 사람 당신이 시인인 줄 알아요?
나는 복화술로 말한다
내가 알잖어

청탁 사절

시 두 편
마감 10월 10일
계간 詩천지

설정이다
이젠 청탁 와도 주지 않을 거다
원고료 듬뿍 준다면 모를까
이렇게 쓰면서 나는 맛이 간다
그렇습니다 진즉입니다

고료 3만원 받으려고 두 번씩
잡지사에 전화 한 적도 있다
참을 것이지
그러니 맨날 이런 시만 나온다
걔들에겐 미안하지만
개같은 자본주의
이게 무슨 노동이라고
청탁이 뚝 끊기고 나서야
비로소 할 수 있는 말이다

어디라도 좋다

동네 골목집도 좋고
전철에 실려 나가도 상관없다
삶이 온통 핑계이듯 커피 한 잔도 핑계
어디라도 좋다 도쿄의 공중화장실 청소부
히라야마의 허름한 2층집은 어때?°
주인이 읽다 남겨둔 문고판 윌리엄 포크너를
대신 읽어도 좋을 것이다
그대가 바쁘다면 폐업 수준의 골목집에서
나에게 얼음커피를 사줘야겠다
얼음 녹을 동안만 생각에 흔들리리라
어쩐지 시시한 게 좋다 정말이다
엘리지의 여왕 이미자가 청년가수
김도향에게 말했다 '얘, 넌 왜 노래를
그렇게 지저분하게 부르니
박자대로 불러'°
여왕은 느끼고 청년은 씹었던 박자
나는 세상 모르고 산다
커피나 마시러 나가봅시다
어디라도 좋다 시시한 걸음으로

아예 엇박자로

°빔 벤더스의 퍼펙트 데이즈
°조선일보, 2024. 7. 5.

적당히 쓰시지

강릉 가는 ktx에서
시를 읽는다
(드문 일)
시집 여럿을 납품한 시인인데
시는 초면이다
(시인이 한둘이 아닌 고로)
잘 쓴 시다
흔한 말로 완전 잘 쓰는 시다
(그렇더라도)
끝까지 누군가를 납득시키려
달려드는 시는 불편하다
(적당히 쓰시지)

일기

요는 내가 작가로서는 실패했다는 사실이다.
유행에 뒤처졌고 나이도 먹었고,
더 이상 잘할 수도 없으며,
머리가 나쁘다.
1921년 4월 8일 버지니아 울프의 일기.

다시 써 본다.

요는 내가 시인으로서는 정확하게 실패했다는 사실이다.
유행에 뒤처졌고 나이도 먹었고,
더 이상 잘할 수도 없으며, 머리가 나쁘다.
2024년 4월 8일. 나의 일기.

창밖은 슬금슬금 잊었던 봄비
내가 시인인 적 있었던가
창 열고 손 내밀어 본다.

일요일 오후

광화문에 나가니 쨍한 대낮
세종대로가 내 길인 듯 이리저리 걷는다
걷는데 돈 드는가? 아무튼 걷는다
길에서 소시지 하나 사들고 우적우적
씹으며 정동까지 간다
행인이 쳐다보기에 윙크하고 지나간다
부디 행복하시라
이것이 내가 깨우치는 인문학이다
오늘은 60년 전 칼 드레이어가
75세에 찍었다는 롱테이크 영화다
경로 한 명 주세요
노인은 영화관으로 들어간다
그날 그것이 나의 영화다
그날 그 순간이 나의 전부다
D열 6번 좌석에서 나는 스크린이 아니라
스크린 뒤의 벽을 보고 있었을 것이고
옆좌석 모르게 조금 울었는지도 모른다
훌쩍훌쩍
좀 조용히 하세요

이런, 내 돈 내고 울지도 못하니
나가서 우시든가 하여간 나이 든 것들이란
영화관에서도 영화대본에서도 쫓겨나
거리로 나섰더니 거리는 아직
전차가 다니는 시간
광화문이 아니라 경성역 방향으로 걸었다
왔던 길 되짚어가지 않은 이유를
군이 검색하자면 꼴에 시인이기 때문
시인이라면 좀 그런 척 해야 된다
영화의 주인공 게르트루드의 생애처럼
내게도 고독과 자유가 더 필요한가 봐

군산을 걸었다

평생의 하루
군산에 가서서 색안경을 끼고
탁류길을 걸었다
채만식의 태평천하는 나의 석사논문
어렴풋하지만 그건 그거고
몸에 흘러내리는 봄빛을 걷어내면서
군산 내항 물 빠진 바닥에 붙잡힌
배를 본다
해석이나 설명이 필요 없는 장면
그저 손을 흔들어주었다
장자도로 건너가 야근 마친 의병에게
금방 구운 호떡이나 사줘야겠다
많은 생각은 하지 말자 햇살아
오월의 장미야 눈부시거라

此詩非詩

나의 시

등단 40년이 꿀꺽 넘었다
대충 쓸 만큼 썼군
시집도 여러 권 납품했으니
키보드 글자판도 익숙해지고
시 쓰는 손짓도 그만 능숙해졌다
능숙해지고 말다니 슬픈 일이다
이건 내가 원한 문학은 아니다
나는 오다가다 가게문을 밀고 들어오는
수상한 첫손님이고 싶을 뿐이다
생을 온전히 먹튀하는 게 꿈
사기꾼인지 양아치인지 분간되지 않는
그 정도의 시이기를
내 시쓰기는 말하자면
키스 자렛이 그의 재즈에 덧입힌
콧노래 같을 것인데
시에는 갖다 붙일 데가 없어
문장 밖에서 이렇게 흥얼거리고 있다.
그것만 쓰고 싶은 것이다

밤비 수필

공항철도를 타고 서울역에 내려
환승대기 중이다
밖에는 비가 내릴 것이라는 짐작
내가 입은 의상은 봄인가 늦봄인가
단풍 든 옷을 입고 싶다
지인이 내 시집 읽고 댕댕이소리라
서평했는데 감사하다고 답장했다
사실 그 이상이다
철학이 그렇듯이
모든 시가 헛소리라고
떠들 생각은 없다
잘한 일이다
삶에 바짝 다가서면 화상을 입기 쉽다
상계역에 내리면 비를 맞으며
마중 나온 어둠과 손잡고
당고개까지 좀 걸어야겠다
청승맞게
조금 더 통속적으로

꿈 이야기

여느 날의 평일처럼
도서관 열람실 구석자리에 앉아 있다
손에는 보르헤스의 '꿈 이야기'
옆자리에는 실직했을법한 남자 중년
꿈꾸듯이 앉아 있는 지긋한 여자
조선왕조 오백년을 읽고 있는 주름 깊은 남자
도서관은 지금 환몽의 밤기차
어디를 달리고 있는가
9월의 마지막 날을 기념하며
낙화를 수습중인 백일홍을 내다본다
누가 어깨를 툭툭 치길래 돌아보니
새로 부임한 도서관장 보르헤스다
한국어로 그가 말한다
내 책을 대활자본으로 읽으시는군요
여기까지다

서정시의 극점

신춘문예 예심에 떨어지던 스무 살
그날의 청년처럼 걸어간다
밤에는 임화를 소리내어 읽으리라
그냥 줄줄 읽으면 된다
그리고 누구처럼 파멸하자
다른 시는 언제 읽을지 기약이 없다
만주의 눈보라를 생각하며 울었다는
박용래 설화는 믿을 수도
안 믿을 수도 없지만 속는 셈 치고
믿어두기로 한다

서정시인이라는 말처럼 우스운 건 없다
서정시인이라니!
김해경도 김수영도 수상한 서정시인
서정의 극점으로 가면 이렇게 폭발한다는
한국문학사의 고전적 예시

대한극장

곧
폐관될
영화관 로비에 앉아 있다
허공에 붕 떠 있는 기분
삶이 생생하다
3층 4관 D열 5번
개봉 영화를 기다리며
건성으로 읽던 시집을 접고
스르르 현실에서 풀려나
영화관으로 들어간다
나처럼
잘못 들어온 관객도 몇 보인다
내가 누군지 모르는 기쁨

모든 밤은 아니고

노시인의 신작시집과
소식 끊긴 구친의 부고가
죽은 듯이
술집 처마 끝에서
젖고 있는 참
서정적인 밤이야

이런 밤엔 무슨 말인들 못하겠는가
모든 밤은 아니고 꼭 이런 밤
베개 없이 잠든 슬픔이 실눈 뜨고
내 미약한 손을 잡는 밤
삶이 자꾸 흘러내린다

품절

서점에 책이 동이 났다
노벨상을 탄 책이 아니라
금년에 찍은 내 시집
'시를 소진시키려는 우아하고
감상적인 시도'의 형편이 그렇다
소규모 출판사 사장이
내 책은 독자가 없을 것이라며
단 두 권만 인쇄해 한 권은 저자본
한 권은 사무실 서가에 꽂아두었다
나 역시 중쇄를 찍을 생각이 없으니
시집의 품절은 소문 없이 지속되리라
정중하게 시집에 서명한다
헛수고의 대가 박세현 씨에게
굳센 슬픔 있으라

P시인의 몽유록

一

나는 어제 죽었다. 그저께인지도 모른다.

풍문이라 해도 상관없다.

가을비가 내리는 저녁 일곱 시 오 분.

오래 걸어서 이 세상을 떠났을 것이다.

내 죽음은 아무에게도 통보되지 않았고 싱겁게 잊혀졌다.

그것만이 나의 숭고한 업적이다.

이렇게 시작되는 플래시 픽션을 써야겠다.

실제로 쓰여지지는 않을 것이다.

나는 어제 이미 죽었으므로.

—

나의 시는 늘 초고 상태다

무언가는 넘치거나 무언가는 늘 부족하다

고쳐써도 여전히 무언가는 덜 들어갔고

어떤 것은 여전히 남아돈다

초고는 결핍이다

결핍은 온전히 내 욕망을 가리킨다

그러므로 시는 욕망의 재구성

끄적거림의 반복이다

완성된 시를 위해 49재를 지내는 날

마침 비가 내렸다

—

저자 사인하는 재미로 시집 내는 사람도 있을까?

그런 재미라도 있어야겠지.

―

강릉에는 독립예술극장이 있다.

오다가다 나는 영화관 C열 3번 혹은 5번에 앉아 있다. D열도 상관없다. 어차피 영화관은 늘 두 세 명이 앉아 있으니까. 이런 식으로도 유지되는 영화관은 기적이다. 그렇지 않다면 나는 어디 가서 마음을 식히고 있을 것인가. 이 영화관은 시네큐브나 서울아트시네마에서 개봉하는 영화를 동시 개봉하고 지나간 영화들을 특집으로 상영하기도 한다. 여기서 '퍼펙트 데이즈'를 다시 보았다. 화장실 청소부 히라야마 역을 진짜 청소부보다 잘 연기해서 '내일부터 출근할 수 있겠냐'는 질문을 받았다는 여담이 떠오른다. 나도 나보다 더 나를 잘 연기할 수 있을 것인가. 당신은 정말 시인 같다니까요. 대여섯 명 정도의 관객이 앉아서 영화를 보았다. 그날의 영화관 풍경이 독립예술이 되는 순간이다. 영화가 끝나고 엘리베이터를 타고 1층으로 내려오니 비가 내린다. 잠시 비를 바라본다. 내가 연기할 다음 장면의 시놉시스를 상상한다.

—

내 삶은 왜 이리 기구한가. 습관처럼 시를 쓰다니. 퇴직 후
에도 시인에서 근무하고 있지 않은가. 습관이 된 시. 기구하
군. 기구해. 한 조각 영광의 찬사도 없이 쭈욱 시를 쓰는 것도
딴은 훈장감이다. 대를 이어 쪽팔리는 일이다. 남한민국의 유
사 성행위 같은 민주주의적 증상! 이런 생각에 시달리면서 키
보드를 닦달하고 있는 하루. 오늘 내게 와서 새삼스러운 한국
어는 기구(崎嶇)하다라는 말. '글을 쓰다니, 참 희한한 생각이
다.' 밀란 쿤데라의 말이다. 오늘은 기구하다는 말이 나를 찾
아와 글쓰는 어깨를 주무른다.

—

빈 방 하나를 가져야겠다. 아무 물건도 장식도 없는 방을
가지고 싶다. 꿈 없는 잠속 같은 방. 내 삶을 오염시킨 책들도
버려야 한다. 데스클리닝(Death Cleaning). 도서관이나 지인
에게 주려는 생각은 삭제한다. 폐휴지 더미에 던지는 것 말고
는 대안이 없다. 폐휴지 더미에서 번쩍거릴 80년대 대표 시인
선 같은. 자신의 친필 사인본을 발견한 저자가 버나드 쇼처럼
그 책을 수거해 나에게 다시 보낸다고 해도 어쩔 수 없다. 내
책을 내다버린 선생의 수고에 새삼스런 존경을 담아서 아무개
올림.

—

잊혀진 소설의 변변찮은 인물 같은 이 느낌. 그것도 괜찮군. 반겨줄 지인은 다 죽었지만 구석진 골목길은 나를 반긴다. 제법 다정하다. 오래 묵은 우정 같은 느낌이 파고든다. 이 구석 저 구석을 걷는다. 모든 구석이 경이롭다. 시가 올라오지만 참는다. 참는 것도 시다. 이럴 때는 어딘가 전화질을 하곤 했는데 이젠 그런 전화를 받아줄 사람이 없다. 수신자들은 다 저물었다. 죽은 줄 모르고 살아있는 나 같은 존재도 있다. '한번 떠나간 애인들은 꿈에도 다시 돌아오지 않는다'(최승자). 이 문장을 받쳐줄 배경음악은 아마도 양병집이 중얼거리며 부르는 '오늘 같은 날'이 괜찮겠다. 한 키 낮아도 괜찮겠다.

—

2024년 7월 21일, 일요일. 오전 10: 35

북한의 쓰레기풍선이 서울 상공에 진입하였습니다.

시민들께서는 적재물 낙하에 주의하시고,

발견시 접근하지 마시고 군부대(1338)나 경찰에 신고바랍니다. 【서울시】

—

미지근하게 살면 지옥에도 못 간다고?

단테의 『신곡』 외진 구석에 나오는 문장이다. 맥락을 벗어나서 왠지 나를 지목하는 문장만 같다. 독립운동을 해 본 것도 아니고 의병활동에도 가담해보지 못한 미지근한 삶이다. 시민생활의 규범을 준수한 인류도 아니다. 건널목에 차가 없으면 신호등 무시하고 건넌다. 인간이 먼저다! 치열하게 자신과 투쟁한 삶도 아니다. 살았다기보다 살아진 삶이다. 뀌고 보니 방귀였던 것. 살았지만 덜 산 삶이 보인다. 봄산에 남아있는 잔설 같은 미생의 생.

그러나

신념 없이 살아진 나의 삶에 대해 수정할 내용은 없다. 그것은 그것대로 삶이다. 내용 없이 흩어진 낱장의 삶도 나름으로 찬란하다.

—

　나는 그의 시가 좋다. 내가 쓸 수 없는 시를 그가 쓰고 있
다는 뜻에서 그러하다. 그의 시는 새벽 온돌방에 남아있는 온
기 같다. 타고난 시인이라는 코 같은 말은 그와는 무관하다.
그는 남들이 쓸 수 있는 시를 쓴다. 이렇게 말하면 그가 그저
그런 시인인 것 같다. 그는 남들이 다 쓸 수 있는 시를 남들이
쓸 수 없는 자기만의 손끝으로 쓴다. 이 대목을 강조한다. 그
게 그의 시다. 슬픔도 발랄해진다. 시를 읽는 나의 문해력은
이 근처 어딘가에 있다. 그가 딱 한 번 후배시인의 시집에 쓴
표사를 보고 시집을 주문한다. 표사를 읽고 시집을 산 건 처
음이다. 그에게 표사를 부탁하고 싶군. 몇 권 더 팔릴 거다.

—

'정확성이 진실은 아니다. 완전히 다른 그림을 그리는 것이 보다 중요하다. 진정한 화가에게 장미 한 송이를 그리는 것보다 어려운 일은 없다. 장미를 제대로 그리려면 지금껏 그렸던 모든 장미를 잊어야 하기 때문이다.' 앙리 마티스의 말이다. 문학도 그림의 운명과 다르지 않다. 시를 제대로 쓰려면 지금껏 읽었던 모든 시를 잊어야 한다. 무서운 말이지만 건망증은 일말의 희망이다. 불가능의 극점에서 시는 태어난다. 이러한 예술의 운명을 나는 기구함으로 이해한다. 기구함이 없이 예술은 태어나지 않을 것이다. 화가가 모든 장미의 유혹을 잊어야 하듯이 시를 쓰는 인간은 무릇 모든 시의 악취를 외면하고 뿌리쳐야 한다. 세상의 모든 시는 실패의 산물이다. 문학상 수상작 같은 시에 속으면 안 된다. 그것은 그것을 선정한 당사자들의 합의나 타협의 시전이다. 그들이야말로 말의 바른 의미에서 문학장의 끄나풀이다. 시가 무엇인지 모를 때까지만 시인이다. 너무 나갔는가. 원점으로 다시 돌아가려니 원점이 보이지 않는다. 아득해서 좋다. 그대 이름은 장미.

—

어느새 8월이라니
모두 내 탓인 듯 하다

—

　시 한 편을 쓰고 나면 큰 일을 한 것 같은 자만심이 솟는다. 쓴 사람 혼자 읽었을 뿐인데 온세상이 다 읽은 듯한 착각이 그것이다. 독자들이 깜짝 놀라든 시인 혼자 놀라든 그런 것은 시인의 즐거움과 상관이 없다. 썼다는 사실 그것만이 시 쓰는 자의 배설감을 지원하는 기쁨이다. 시인은 자기 안에 무엇을 바깥으로 기울여 퍼내는 이들이다. 경박하게 말해 시는 당신의 잡음이다. 자신의 통제에 저항하는 잡음. 비유니 뭐니 그런 개념에 한눈팔면 시의 끄나풀이 되고 만다. 잡음은 논리가 없고 분석에도 응답하지 않는다. 시는 잡음을 잡음으로 보여주는 형식이다. 무슨 말인지 헷갈리면 시가 된다. 시는 그런 것. 시쓰기는 질환이자 증상이다. 자기 안의 무엇인가를 중얼거리는 일에 익숙해지고 나면 중독성을 벗어나기 어렵다. 대개의 시인들이 언필칭 자기 시에 갇혀서 시에 찌들어버리는 이유이다. 시 속에서 정직할 수 있다는 말을 믿지 않는다. 시는 정직을 가장할 뿐이다. 사정이 이러하매 시는

　　읽는 장르가 아니라
　　오로지 쓰는 장르다.

　시 독자가 사라졌다는 말처럼 무심한 말은 없다. 시대착각적 발상이다. 그런 부류는 시를 왜 읽어야 하는지에 대해 답해야 한다. 시는, 오직 쓰는 사람 당신의 문제다. 분인적(分人

的)인 너무나 분인적인 문제다. 덧붙여 말하자면 시는 읽는 즐
거움이 아니라 쓰는 즐거움에 헌신하는 장르다. 시는 읽히지
않아도 된다. 쓰여지는 것으로 완성된다. 누구에게서? 시인의
품에서 생성되고 소멸하면 된다. 시를 쓰고 있는 순간 시인은
행복할 것이다. 자기만족과 충만한 자기기만 속에서. 잘 차려
입었지만 갈 곳이 없는 사정을 굳이 새삼 문학의 것이라고 더
강조하고 싶지는 않다.

—

장 뤽 고다르 프랑수아 트뤼포 에리크 로메르
끝에다 나운규를 써본다.

사티 사티 에럭 사티가
비도 오지 않는데 박쥐우산을 편다
시인 김종삼을 추모하며 아리랑고개를 넘어왔다.
그의 장례식에 참석했다는 청년이 누구인지
그런 것은 궁금하지 않다.

—

빔 벤더스의 '퍼펙트 데이즈'를 두 번 봤다. 서울에서 한 번, 강릉에서 한 번. 정성일의 시네토크 제목은 '순환과 변주'. 밋 밋한 영화다. 매일 같은 시간에 일어나 양치를 하고 청소복으 로 갈아입고 캔커피를 마시고 출근하며 카세트 테잎으로 올 드팝을 듣는 도쿄 공중화장실 청소부의 일상과 거기에 묻어 나는 개인적 사연. 그러나 영화는 10점 만점에 9점. 야쿠쇼 코지가 연기한 히라야마는 오즈 야스지로의 '동경 이야기'에 등장하는 노부부의 맏아들 이름과 같다. 감독이 야스지로를 흠모한다는 후문. 2차 대전에서 벌인 일본의 죄악을 부인하 는 극우단체가 영화의 제작자라는 페북글도 잠깐 떴다. 맛있 는 음식을 먹고 났는데 그 음식에 벌레가 들었을지도 모른다 는 사실을 누군가 일러주었을 때의 기분이랄까. 클린트 이스 트우드가 만든 찰리 파커의 전기 영화 '버드'와 '메디슨카운티 의 다리'가 생각난다. 이 배우는 여자관계가 복잡했다는데 검 색하려다 그만두었다. 정말 궁금한 건 검색에 뜨지 않는다.

—

읽어주서서 고맙습니다.
다음엔 저도 읽어드리겠습니다.

—

　작가에게 대표작을 물으면 아직 쓰여지지 않았다고 대답한다. 그럴듯한 변명이자 핑계다. 대표작은 작가의 모든 것을 응축한다는 오해를 주기 쉽다. 그렇지만 작가의 입장에서는 다소 불편할 수도 있다. 대표작이라 일컬어지는 작품 속에 작가의 모든 역량을 쏟아붓는 작가도 있을 것이다. 필생의 역작운운. 톨스토이의 안나 카레니나를 읽었다고 작가에 대한 독해가 완성되는 것은 아니다. 문학적 평가가 유보된 변두리 작품이 대표작으로 지목된 경우보다 작가의 작품세계를 더 극명하게 보여줄 여지도 없지 않다. 실패작으로 지칭되는 작품에서 작가의 고민이 극명하게 드러나지 말라는 법도 없다. 대표작이 없다고 말하는 작가는 없을까? 공상이지만 그런 작가를 성원하게 될지도 모른다. 시간도 많은데 예를 좀 찾아봐야겠다.

—

　한국시는 문지와 창비가 깔아놓은 철길을 달린다. 그 길밖에는 길이 없다는 듯이. 그것도 너무 오랫동안. 제시간에 출발하고 적당한 속도로 알맞은 장소에 도착하는 문학. 오늘도 무사히! 한국시는 오래된 그 철길을 달리면서 적당히 새롭지만 적당히는 보수성을 유지한다. 새롭다는 관성이 독자를 지배한다. 이것이 문학사의 개괄적인 전개다. 여전히 그러나 2%는 부족하다. 새로운 시인은 문학의 부족분 2%를 채우려고 분주하다. 부족한 2%가 어떤 것인지는 알 수 없다. 안다고 가정할 뿐이다. 2%가 채워지면 다시 2%의 결여가 남는다. 부족분 2%는 해결되지 않는 문학의 영원한 숙제이자 숙명이다. 정상은 눈앞에 어른거리지만 우리가 가야할 길은 언제나 '조금만 더'의 거리다. 가도가도 왕십리에 다름 아니다.

—

한 사업가의 지원으로 문예지 하나가 폐간 위기를 넘겼다는 토막뉴스. 창간 50년이 넘은 잡지다. 이런 뉴스를 보는 심정은 복잡하다. 문예지가 50년을 넘겨 지속된 일이 뉴스거리인지도 애매하다. 심폐소생술로 노쇠한 문예지 하나를 살려내는 일이 의미가 있을런지. 국내 문학계는 자가호흡을 멈춘지 오래다. 문인들에게 책임을 돌리는 소리도 있지만 그것은 헛소리다. 문필인들이 무얼 반성하란 말인가. 문학을 넘어서는 즐길거리가 많다는 말도 하나마나한 얘기다. 사우디아리비아 석유상의 말에 즉답이 있다. 석기시대가 끝난 것은 돌이 부족해서가 아니다. 어쩌란 말인가. 문장 몇을 지웠다 썼다 한다. 좀 더 그럴듯한 문장이 있을 텐데 나의 인가를 얻어내지 못하고 있다. 한 번 더. 어쩌란 말인가. 청마의 목소리로 입막음한다. 파도야 어쩌란 말이냐. 파도는 응답한다. 철썩.

63

—

시집 제목들이 아크로바틱하다. 그것은 그것대로 당대적 매너리즘이다. 이승훈은 시집 제목을 편집자나 주변 문인들에게 맡겼다. 원주시 무실동에 재즈카페라는 간판을 단 카페가 있었다. 재즈가 나오지 않아서 물었다. 재즈는 없어요. 이름이 재즈카페거든요. 젊은 직원의 워딩이 철학을 넘어선다. 그대가 시인이다.

—

시조는 세 줄이고 하이쿠는 두 줄이다. 한 줄 시도 있다. 길게 쓰고 싶은 사람은 길게 쓰고 짧게 쓰고 싶은 사람은 짧게 쓰면 된다. 시는 기원에서부터 숏폼이다. 이미 충분히 짧은 시의 길이를 더 줄여야 한다는 의견도 있다. 길이에 대한 논의는 본질적으로 무용하다. 일없이 긴 시나 턱없이 짧은 시는 믿을 게 없다. 방점은 일 없이와 턱 없이에 찍힌다. 생각건대, 시는 장르적 속성에 맞게 길거나 짧다. 제목만 있는 시를 생각해본다. 어이없는 발상이라 말들 하겠지. 시는 좀 어이없어야 한다.

시를 잘 쓴다고 회자되는 시인은 예나 지금이나 많다. 시인은 언어의 정면을 향해 뚜벅뚜벅 걸어들어가는 존재다. 돈키호테나 에이 허브 선장 같은 용기와 무모함을 지녀야 한다(고 생각한다). 이들은 몽상가들이다. 이루어질 수 없는 허황한 꿈을 위해 자신을 헌납하는 존재들이다. 문인은 미약하고 허술한 언어를 거느리고 복잡다단한 삶 속을 걸어가야 한다. 개념 연예인 흉내를 내면서 냄새나는 정치에 서명하는 문인은 제외된다. 대가급 연기를 하는 문인도 문인다움과는 거리가 멀다. 김수영 어법으로 그것은 일종의 후까시다. 문학을 개인적 호사의 휘장으로 이용한 혐의가 있다면 그도 문인다움에서 제외된다. 그러나 좀 그러면 어떠냐. 넘어가자. '우리나라는 지금 시인다운 시인이나 문인다운 문인을 가지고 있지 않다.' 이 문장은 김수영의 것이다(시의 뉴 프런티어, 1961). 뜨끔하지만 못 들은 체 하자. 김수영 사당에 예배할 때가 아니다. 문인이라는 환상에 깃든 후까시를 빼고 써야 한다. 시, 그게 뭐라고. 누구의 밑씻개같은. 김수영의 환청은 여전히 유효한 것이더냐.

—

박정만. 그는 (희귀한) 민주투사다. 나는 박정만을 모르면서 그에 대해 말하고 싶다. 그렇게 오버하고 싶다. 박정만은 내게 세 장면에서 기억된다. 하나는 나의 등단지면인 중앙일보사 문예중앙 사무실이다. 1980년대 초반. 누가 한 젊은 사람을 데리고 사무실 이곳저곳을 돌면서 인사를 시켰다. 그는 어눌해 보였다. 여름이었고 흰색 반팔 남방을 입었다. 긴팔일지도 모른다. 그 부근이 그가 남산에 끌려가서 죽도록 얻어터지고 풀려난 뒤 생활전선으로 복귀하려는 시점이 아니었나 싶다. 그다음 장소는 세검정. 나의 대학원 지도교수님인 김시태 박사님이 창발적으로 창간하신 계간지 편집장 자리에 앉아 있을 때다. 그에게 시 청탁 전화를 넣었다. 여름이었고 오전 11시 경이었다. 취한 목소리로 청탁은 수락했지만 시는 받지 못했다. 그해에 그는 죽었을 것이다. 그다음 장소는 월계동에 있는 주막이었다. 박정만이 말년에 위로받았다는 술집이다. 집 뒤로 돌아가면 그가 비운 소주병이 산더미처럼 쌓여있다는데 확인하지는 않았다. 그렇다고 믿을 뿐이다. 내 기억에 있는 박정만은 이것이 전부다.

황선생은 박정만 사후에 그의 시선집 해설을 썼다. 선생은 그의 산문집에서도 박정만을 거론했다. 나중에 박정만이 민주투사로 와전되면서 선생은 박정만의 후원자 역할에서 손을 뗐다고 했다. 박정만은 시와 술과 여자를 너무 좋아해서 일

66

찍 죽었다고 보는 편이 더 진실에 가깝다고도 썼다. 역시 그런 쪽이 폼 난다. 그랬기를 바란다. 박정만은 자신의 뜻과 다르게 민주투사로 회자되는 것에 극심한 상처를 받았다고 전한다. 종로에서 고문당한 자신의 허벅지를 보여주면서 이시영에게 했다는 박정만의 말은 너무 진실이다. 이형, 내가 민주투사야 뭐야. 박정만에 대해서는 이윤기가 쓴 실명소설 『전설과 진실』에 똑똑하게 기록된다. 문학적 가치를 젖혀두고 나는 이 소설을 최고의 소설로 읽곤 한다. 박정만을 1980년대 불운의 민주투사로 기억하고 싶다. 투사가 아닌데 투사 혐의로 끌려가 죽도록 얻어터진 박정만은 그야말로 대한민국 어떤 항일, 민주 투사보다 슬프고 엄연하고 끔찍하다. 어떤 의미에서는 전설의 김지하와 김남주보다 더. 황선생은 (아마도) 저 아래 문장을 쓰기 위해 박정만을 소환하지 않았을까.

불우하게 죽은 그가
과외로 투사 역을 좀 즐기면 또 어떠냐!

—

지난 5년 동안 16권의 책을 인쇄했다. 2020년부터 매년 3권씩 찍었다. 일견 미친 짓이지만 나는 미쳐서 산 적이 없고 미쳐서 쓴 적도 없다. 미쳤다는 말은 수사적 편견이다. 오히려 미쳐지지 않는 성정이 안타깝다. 좀 흥분하여 제정신이 아니면 어떤가. 맨정신으로 쓴다는 사실이 더 적막하다. 중국발 우한 폐렴 기간이었다는 핑계는 있다. 그 거대한 사회적, 정치적, 인간적 유폐 속에서 나는 썼을 것이다. 문학 동지들은 한 소리 할 것이다. 미쳤군. 뭐하자는 거지. 힘이 뻗쳤군. 설사지. 무슨 시를 밥 먹듯이 쓰나. 그렇게 말하는 방향에 대해 할말은 없다. 나는 그저 썼다. 밤낮없이 쓴 것은 아니다. 시가 뭐라고 밤낮없이 쓰겠는가. 밤과 낮 그 사이에만 썼다. 죄송합니다. 그렇게 되었어요. 시간외 근무지요. 살림살이가 서로 다르듯이 시를 쓰는 방식도 각각이다. 나는 단지 내 방식으로 문자판을 두드렸다. 어두운 조명 밑에서 연주하는 3류 키보디스트처럼. 와이키키 브라더스! 정현종이 시에 대해 말했었지. '일이여, 그게 무슨 일이냐?' 이 말에 의지할 때 시는 자신의 속성과 본능을 화끈하게 드러낸다. 시는 정색하는 장르는 아니다(존 케이지).

———

집에서 나와 단독주택과
골목 사이를 걸으면 뭉게구름.
지나가던 비도 그치고 어느새
백일홍의 붉은 호위를 받고 있는
구립도서관에 도착한다.
터벅터벅.
2층 열람실로 가려던 걸음을 세우고
도서관 옆 공원 의자에 앉는다.
산들바람.
어제 내린 비 때문인가.

기분학상으로도 조금 선선하다.
산들바람을 안아본다.
책은 다음이다.
바람결에 앉았다 그냥 돌아가도 된다.
오늘은 문학평론가 홍정선의 기일.
이렇게 지나가는구나.

—

'가령 문인인 주제에 정치를 논하는 사람,

정치인에 불과한데도 형이상학을 논하는 사람,

형이상학자이면서 도덕론을 펴는 사람,

도덕가이면서 재정을 논하는 사람,

금융가이면서 문학이나 기하학을 논하는 사람이 많아요.'

드니 디드로의 단편 「이것은 소설이 아니다」에 나오는 문장이다. 모르는 사실에 대해 아는 척 할 때마다 싱싱해지는 까닭은 무엇인가.

—

여전히 삶이 부족하다.

처서 지나면 뭉게구름을 읽어야겠다.

—

야근하는 매미소리 들으며 쓰나마나한 시를 쓰고 있다. 작
문은 늘 그 자리다. 늘지 않는다. 표현자의 서글픔이다. 시는
한순간이다. 한순간의 있음이고 한순간의 결락(缺落)이다. 시
쓰기는 한순간의 있음과 없음 사이를 걸어가는 일이다. 언어
미학? 요즘도 그런 말이 있던가? 시가 없는 곳에 도달하고 싶
다. 시론에서 떠드는 활자의 압력을 벗어나야 한다. 아니 에
르노는 전철역 통로에서 적선을 베풀라는 요구도 없이 그저
자신의 성기를 드러낸 채 가만히 서 있는 남자의 모습을 '존엄
의 애통한 형식'이라는 단 세 마디로 표현한다(『바깥 일기』).
시를 쓰는 나는 저 프랑스 걸인의 문자적 대리자다. 자신의
자아를 펼쳐놓고 벌이는 사업. 자, 그럼, 내일 또. 그러면서 컴
퓨터 전원을 끈다. 징징거림의 애통한 형식.

—

지금 작시법이나 시론을 읽고 있거나
시창작 세미나에 등록했다면 문학은 당신 편이 아니기 쉽
다.
질 좋은 펜을 들고 서명 연습을 하는 것이 더 효과적일지도
모른다.

—

내 시 읽어보셨나요?

읽지 못했습니다. 제 시는요?

김광섭 왈: 어디서 무엇이 되어 다시 만나랴.

—

시는 잘 되지 않고 맨날 그 타령이다. 삶이 혁명이 되어야 한다(고 믿지만 예나 지금이나 혁명은 로맨티시즘이다). 그래도 누군가는 이 아침에 또 하나의 혁명을 준비할 것이다. 실패하지만 괜찮다고 지지하련다. 실패할수록 혁명의 의지는 뚜렷해진다. 이 지점에서 내 식으로 말하겠다. 성공한 혁명은 빠르게 기득권이 되고 낡아간다. 다른 혁명을 불러들인다. 실패할수록 혁명의 대의가 찬란해진다. 껍데기는 가라고 외쳤던 시인의 시는 통렬했으나 슬펐다. 알맹이도 가라. 알맹이는 얼마나 빠른 속도로 껍데기가 되어 우리를 괴롭히던가. 시도 그런가? 글쎄다. 풍류가 아닌 곳에 풍류가 있듯이 나는 시가 아닌 곳에 시가 깃든다고 믿는다. 우리가 시라고 합의하고 맞장구치는 그곳이 혁신의 지점이어야 한다. 손가락 사이로 빠져나가는 모래처럼 시는 자기 정의에서 미끌어진다. 그게 시라는 형식의 모호성이자 메울 수 없는 결핍의 구멍이다. 시인된 자는 각자 그 구멍을 채우려는 자들이다. 밑빠진 독에 물을 부을 때마다 찾아오는 허기를 달래기 위해 쓴다는 변명은 적막하다.

—

헤밍웨이가 〈뉴요커〉 인터뷰에서 말했다. 출전을 모르겠다. 체크아웃이 가까워진 나이인지라 이런 데도 관대해진다. 뻔뻔스런 노릇이다. 헐렁한 고무줄 바지가 흘러내리듯.

"나는 새로 등장하는 권투선수, 발레, 자전거 선수, 여자들, 투우사들, 화가들, 비행기들, 개새끼들, 카페에서 죽치는 사람들, 거물급 국제 창녀들, 레스토랑들, 같은 와인의 다양한 빈티지들, 뉴스 영화들을 다 보고 거기에 대해서 한 줄도 쓸 필요가 없으면 좋겠소. 친구들에게 편지를 많이 쓰고 답장을 받고 싶어요. 클레망소가 그랬듯 85세까지 사랑을 잘 나눌 수 있었으면 좋겠어요. 버나드 바루크처럼 되고 싶진 않소. 가끔 비둘기에게 모이를 주러 공원에 갈 수는 있겠지만, 공원 벤치에 앉아있고 싶지는 않아요. 긴 수염을 기르지도 않을 겁니다. 조지 버나드 쇼 같아 보이지 않는 노인도 있어야죠."

클레망소는 에밀 졸라, 아나톨 프랑스 등과 함께 드레퓌스의 결백을 위해 싸운 프랑스의 정치가. 전쟁이란 너무나 중요한 것이어서 군인들에게만 맡겨놓을 수 없다는 어록을 남겼다. 버나드 바루크는 미국의 전설적인 투자자. 7명의 대통령을 보좌한 '숨은 대통령'이자 '공원 벤치 정치가'로 불렸다고 한다. 시는 너무나 중요한 것이어서 시인들에게만 맡겨놓을 수 없다고 썼다가 지운다. 본 사람 없겠지.

—

　문체는 그 사람이라는 말에 절반쯤 공감한다. 몸짓이나 걸음걸이, 표정, 말투 등도 그 사람의 문체다. 회사원 같은 걸음새도 있을 것이고, 국가유공자 같은 걸음새도 있다. 게임회사 사원 같은 걸음도 있다. 나는 그런 걸음새로 그 사람을 본다. 저자 서명본의 필체도 생각보다 작가의 성정을 잘 보여준다(고 믿는다). 획 하나도 곧추잡으려는 고집스런 필체가 있다면 그런 근본주의적인 필체를 농락하듯이 휘갈겨버리는 글씨도 있다. 겉멋이 웃도는 경우다. 대개 반반이다. 나머지는 그 사이 어딘가에 중도층처럼 걸쳐 있다. 겉멋에 확 기울어져 그것을 자기의 작가적 운명으로 만들어버린 시인 김영태를 나는 예술적 좌파로 분류한다. 황동규는 우파 정도? 황선생이 알면 전화 와서 야단칠지도 모른다. 어서 넘어가자. 근거를 대라고 하면 나는 우물쭈물할 것이다. 나의 편견이다. 편견의 강화나 정정의 과정이 나에게는 글쓰기다.

—

하루키의 『오래되고 멋진 클래식 레코드』를 읽는다. 재즈가 70퍼센트, 클래식이 20퍼센트, 록과 팝이 10퍼센트. 하루키의 LP 컬렉션의 내역이다.

'1958년 차이콥스키 콩쿠르에서 우승한 미국인 피아니스트 밴 클라이번 역시 빛났던 시기는 짧았다. 국가의 영웅으로 화려하게 개선한 후, 수완 좋은 프로모터의 손에 이끌려 투어를 거듭하면서 재능을 소모하고, 건강을 해치고, 반쯤 은퇴 상태에 몰렸다. 콩쿠르 우승도 좋은 점만 있는 건 아니다.' 1958년 차이콥스키 피아노협주곡 1번이 담긴 엘피판에 대한 하루키의 문장이다. 서가에 계통 없이 꽂혀있는 시집들에 대해 재미 삼아 하루키식으로 논평해 본다. 즉설주왈.

　　이 정도라면 좀 더 써도 될 텐데….
　　왜 이렇게 시쓰기에 인색했을까.

죽이는 시를 쓴다고 알려진 시인인데 독자를 완전히 죽이지는 않는다. 그 점이 매력이라면 매력이고 아쉬움이라면 아쉬움이다. 시인도 그 점을 잘 활용하고 있는 듯.

시는 수준급인데 이런 시인이 평가받지 못하는 것은 문단의 야박함인지 시인의 박복함인지 가늠이 되지 않는다. 혹시

문단행사에 눈도장을 찍지 않았거나 문인조합비가 밀려서는 아닌지 더 살펴볼 일.

이 시집을 읽으면 영감을 받고 시 쓸 에너지를 공급받는다. 이 분의 시집이 없었다면 한국문학의 한 시절은 공허했을 것이다. 더러는 문학의 방향을 오염시켰다는 혐의도 받는다. 시집의 성취는 언제나 다른 약점을 포함하는가 보다.

내가 이 시집을 왜 샀을까? 지금이라면 사지 않았을 것이다. 좋은 시집만 있는 건 아니다. 나쁜 시집도 시집이니까. 좋은 시집보다 나쁜 시집 속에 더 째끈한 시들이 있을지 누가 알겠는가. 컨디션 좋은 날 다시 읽어 보자.

이 분은 시집을 낼 때마다 새로운 문학적 출구를 열었다고 주목받는다. 공감하면서도 시를 저렇게 잘 쓸 필요가 있을까 하는 의구심에 잠길 때도 있다. 이런 생각은 요즈음의 새로운 시인들한테서도 답습된다. 서로 표절하면서 시를 꼭 잘 쓸 필요가 있을까. 적당히 쓰면 될 것인데 자기만족의 영역으로 독자까지 끌어들이려는 과욕은 문자적 허영심이다.

이 사람은 그저 그런 재능인데 밥 먹듯이 시를 쓴다. 그래서 그의 시는 대체로 묽은 편이다. 총량의 법칙은 창작에도 엄연하다. 천천히 쓰라고 조언하고 싶기도 하다. 시는 근면이

아니라 게으름 속에서 성찰된다는 말을 달아두지만 내 말이
그의 귀에까지 도착하지 못하고 늘 나에게만 도착한다.

이 시집은 약력, 시인의 말, 시집 해설이 없다.
시답지 않아 당황스럽기도 하지만 모처럼 시답다는 발견.

이 시집은 왜 여기 있지?
읽을 생각이 없는 시집이 떡하니 서가 구석에 꽂혀 있다.
생소해서 새롭기는 하다.

미지의 누군가가 내 시집을 손에 잡았다면 뭐라고 할 것인
가.

판이 끝났는데 끗발이 오른 경우의 한 예. 시를 읽어보면 1
인칭에 헌신했다는 점이 눈에 띄고 정색하지 않았다는 측면
에서 간이의자 하나는 배정해도 되겠다. 정색하고 독자를 성
가시게 만들지 않았다는 점에서 참가상 정도 받아도 될 듯.

 이상하게도 독자들이 『율리시스』에서 도덕적인 교훈을 찾으려고 한단 말이야. 더 문제인 것은…. 사람들이 내 책을 심각하게 받아들이고, 책에서 무언가 심오한 의미를 찾으려고 하는 게 문제야. 내가 맹세하는데, 『율리시스』에서는 심각한 부분이 단 한 줄도 없어. 알폰소 자퍼코의 제임스 조이스 만화 평전에 나오는 조이스의 말이다. 심각하면 의심받는다. 작가의 심각성은 일종의 데코레이션이다. 알맹이를 증발시키는 속임수가 되기도 한다. 그보다는 다음과 같은 조이스의 말을 심각하게 경청한다.

79 슈미츠 씨, 당신이 잘 알겠지만 나는 건망증이 심해요. 내 생각에 세 가지 정도를 잘 기억하지 못하는 것 같은데, 첫 번째는 사람들의 얼굴이고, 두 번째는 이름들, 그리고 마지막 세 번째는…. 아, 기억이 안 나네요.

—

"요즘 인터넷에 들어가면 한 사람 건너 시인이라는 것쯤은 동네 사람들도 다 알고 있다. 그는 대학에서 교수로 근무하다가 퇴직을 하고 지역문화연구소 소장이라는 명예직을 앞세워 놓고 먼지처럼 가벼운 사회적 존재감을 견디고 있다." 「견해의 왕, 시인 나 씨」(정병근)에서 떼어낸 부분이다. 거의 내 생활을 폭로하는 시다. 어떻게 알았을까? 사생활을 무단 인용하는 사례지만 내 이름이 박혀있는 것도 아니라 항의할 방법이 없다. 읽으면서 견디는 수밖에. '참아라 마음이여^^

—

거울에 박힌 얼굴을 자기 얼굴로 착각하듯이 선생님의 시는 선생님의 문학적 신념으로 둔갑하기 일쑤입니다. 시는 접으시고 시의 뒷길에서 가끔 막걸리나 마시지요. 그럴 시간도 많지 않거든요. 불쾌하셨다면 계속 불쾌하시기를. 사랑하는 선생님.

깨고 보니 꿈이다.

비현실적이라 더 사실적으로 전개되는 한여름밤의 꿈.

컴퓨터 전원을 지그시 누르면서 생각한다.

'오늘 하루만이라도'(황동규) 시쓰기를 쉬어야겠다.

—

달필은 글쓰기의 묘지다. 열정이 소진된 작가라면 존경 받는 원로 작가로 애매하게 늙어 가면 된다. 존경이 없는 원로는 셀프로 원로를 누리면서 침묵하면 된다. 원로나 거장이라는 용어는 한국문학의 성급한 레토릭이다. 대개의 작가는 부당하게 늙는 것이 아니라 자기 아파트에서 더러는 실버타운 같은 예술원에서 자연사한다. 자기 시대가 지나가면 글작가는 어색하다. 어색해서 견딜 수 없는 사람이 마지막까지 작가일지도.

—

내 시집 『날씨와 건강』 10페이지 아홉째 줄 '시인들이 좋아하는 설문조사'는 '시인들이 좋아하는 시인 설문조사'로 수정한다.

—

잊을만 하면 생각나는 당신이 그립다. 의미를 갖지 못하는 그립다는 한국어에 인공수정하듯이. 우리 동네 벚꽃 한창 지고 있음. 연락은 하지 마세요. 흘러간 물로 노 젓고 싶은 밤. 누군가에게 시집을 헌정하려고 먹었던 마음 지우면서 빙긋이 앉아 문에 매달린 바람을 보고 있다.

—

　구립도서관 2층 열람실 800번대 서가에 내 시집 몇 권이 어색하게 꽂혀 있음을 목도했다. 희미한 가로등 밑에서 지인을 만난 느낌이랄까. 내 책이 도서관에 있다니! 이 자연스럽고 능청스러운 놀라움. 『自給自足主義者』. 악수하고 안아주었다. 애쓴다. 데려오고 싶었지만 그렇게 하지는 않았다. 돌아서 나오려는데 내 책들이 좇아오는 듯. 더 이상 나는 내 책의 주인이 아니다. 팔자대로 살아라. 각자의 수면 아래 잠겨 항해중인 열람객들이 십시일반으로 떠받치고 있는 정밀함. 책 없이 창가에 앉아 도서관 주변의 배롱나무를 관망했다. 책은 한 줄도 읽지 않았지만 여러 페이지를 읽었다는 포만감이 밀려왔다. 그리고 나는 일어섰다. 공동묘지에 내 책을 매장하고 돌아서는 기분이랄까.

—

"그러나 오늘날 시인이 그와 같은 혁명가적 기질을 가질 것을 기대하는 사람이 과연 있을까. 이제 누구도 작가를 지식인이나 혁명가, 혹은 불온분자 비슷한 것으로 여기지 않는다. 예술은 예술의 자리에 한정되어 생산되며 소비되고 있을 따름이고, 어지간히 도발적이고 문제적인 예술 작품 또한 결국 예술 시장에서 유통되고 소비되는 상품이 되었을 따름이다. 그것이 이 시대의 시인으로서 내가 느끼는 가장 큰 곤란함이다." 황인찬이 사후 30년에 이른 김남주에 대해 쓰면서 오늘의 문학현실을 성찰한 에세이 한 대목이다. 에휴. 이건 한숨이다. 내 뜻은 아니고 한숨의 뜻이다. 담담하게 읽어내며 무덤덤한 가슴에 손을 얹는다. 새삼 시의 위상에 대해 생각하는 건 아니다. 시장 만세. 오늘날 작가들은 솔선해서 서로 손잡고 시장 속으로 걸어들어갔다. 김남주와는 다른 뜻으로 '함께 가자 우리 이 길을'. 솔직해지는 게 필요하다. 더. 더. 더더더. 무엇보다 스스로에게. 시의 마이크를 나에게로 돌려놓아야 한다. 동네 이장 마이크처럼 떠들어댈 필요는 깨끗이 사라졌다. 뭉치지 말고 뿔뿔이 제 갈 길 가면 된다.

원주역

밤

아홉 시

노숙인 한 명

제목 없는 시를 읽고 있다

낯선 들판

어둠에 물든

다른 어둠

모두 서울로 간다

서울

서울

서울

안동에서 열심히

오고 있는 열차

원주역은 서지 않는다

갈 길이 바쁘다는

아름다운 핑계

—

　시를 쓴다고 쓰지만 시쓰기 전과 후의 나는 달라졌을까?
글쎄올시다. 장담할 수 없는 문제다. 소년 같은 질문이다. 이
리저리 둘러대는 답을 찾고 있지만 마땅하지는 않다. 생각해
보니 달라진 게 없더군요. 이렇게 답하고 싶은데 개운치가 못
하다. 아주 없지는 않을 것이다. 시를 쓰면서 한글 맞춤법은
더 익혔을 것이다. 맞춤법에는 정답이 없다. 시는 표준 맞춤법
을 배신하는 것. 시는 내 안에 세워진 무허가 학교 정도는 된
다. 교장도 나, 학생도 나, 우등생도 나, 낙제생도 나인 그 학
교. 오늘도 시를 쓰라는 종이 울린다.

—

　박솔뫼를 읽어야지, 그러고 있다. 나는 그의 소설을 읽은 적
이 없다. 그의 소설도 가지고 있지 않다. 그러면서도 그의 소
설을 읽어야겠다는 생각은 늘 하고 있다. 일종의 꿈이다. 공들
여 읽는 작가도 있고 읽지는 않았지만 늘 읽은 듯한 작가도 있
는 법이다. 후자에 속하는 작가가 박솔뫼다. 나는 왜 이 작가
에 대한 환상을 가지고 있는가. 그것 역시 대답할 근거가 없
다. 환상이라고 했지만 그런 거 하나쯤 남겨두는 것도 나쁘지
않다. 일종의 미련. 독서를 미루는 이유인지도 모른다. 읽으려
면 읽을 수도 있지만 그렇게 하지 않는다. 그렇게 해서는 안
될 것 같다. 오늘 밤은 다카하시 겐이치로를 읽다가 잠들어야
겠다. 그러면 박솔뫼의 에세이처럼 좋은 일이 일어날지도.

—

왜 나에게는 강연 요청이 들어오지 않는가. 섭외가 온다면 무슨 말을 할 것인가. 그건 그때 생각하자. 강연료 같은 건 묻지 않을 것이다. 다른 얼마라도 주겠지. 주면 주는 대로. 안 준다면 안 주는 대로 씁쓸함을 삼키면서. 강연 요청이 오기를 기다린다. 평생을 그런 기다림으로 살아간다. 오지 않을 사람을 기다리는 순간은 행복하다. 나는 온통 기다림에 몸과 마음을 바친다. 실제로 강연 요청이 온다면 부드러운 목소리로 사양해야겠지. 기다려 온 그동안의 시간이 아까워서다. 죄송합니다. 나는 다음 책을 쓰고 있는 중입니다.

—

"박용래는 호서지방의 대표시인이다." 박용래에게 이 말을 했다가 소설가 이문구는 된통 혼났다. 싸가지 없는 눔. 한국의 대표시인도 시원찮은데 호섯지방이라고? 박용래 시전집 발문에 박힌 글이다. 대표시인이라는 말은 정당한 말인가. 1930년대를 대표하는 시인. 대표적인 서정시인. 강원도의 대표시인. 강릉의 대표시인. 남문동의 대표시인. 방구석 대표시인. 이런 싸가지 는 시가 나를 대표한다구? 그러면서 한바탕 웃으면 시시한 시에도 환한 불이 들어온다.

—

옛날 같으면 원고지를 구겨서 방구석으로 던진다. 밤이 지나면 구겨진 원고지가 방안에 수북하다. 작가들의 고뇌를 시각적으로 보여주던 고전적인 풍경이다. 원고지 시절엔 그렇게 고민했지만 요즘은 다르다. 노트북을 들어서 던져버린다는 소리는 들어보지 못했다. 키보드를 손으로 내리치는 일도 없다. 노트북 값이 한두 푼이 아니다. 만년필로 원고지에 쓰던 시절보다 글쓰기가 쉬워졌다. 무책임한 말이다. 맞다. 내가 쓰고 내가 공감한다. 글쓰기는 쉽거나 어려운 일로 설명되는 것은 아니겠다. 언어에 자신을 얹어보는 일. 늘 어긋나지만 늘 새로 얹어보는 일. 진정성 높게 헛살아보는 일. 사정이 이러니 시인의 전기 영화는 만들어도 시시할 수밖에 없다.

87

—

백화점 에스컬레이터에서 앞에 선 여자의 어깨 위에 긴 머리카락이 묻어 있다. 패션의 오점이라 생각되어 알려주려다가 그만둔다. 이런 생각 앞에서 머뭇거리는 나와 나의 시는 얼마큼 상관이 있으려나.

—

근대문학이 전공이라 했던 김윤식은 행복했을 것이다. 넘어갈 언덕이 눈앞에 있었다는 점에서 그렇다. 황석영도 근대가 자신의 일거리라고 선언한다. 자신의 문학적 업무를 이렇게 간단히 천명하고 근무하는 작가는 부럽다. 근대문학은 뭐야. 근대타령이군. 쾌지나칭칭나네. 나의 문학은 1950년대 무렵에서 그친 채로 흙먼지 뽀얗게 일어나는 신작로를 걷는 중이다. 근대가 무엇인지 말할 학문은 없지만 내 속에서 진화하지 못한 문사취향의 잔상은 여전히 남아 있다. 저런 속물들과는 다르다는 메타-속물정신이 바로 그것. 웃겨. 쾌지나칭칭나네.

—

우리 모두 죽음을 향해 가고 있잖아요.
집으로 가는 길에 귓가를 파고든 여자의 말이다.
쇼펜하우어의 팬클럽인 모양이다.

—

이단적이고 외설적인 시쓰기에 대해 상상한다. 그런 시들이 많이 제출되어 있을지도 모른다. 그렇다면 이런 사상은 발상부터 꽝이다. 이런저런 시들과 시인들을 소환해본다. 그러고 보니 그렇다. 그러므로 시의 이단과 외설을 다시 정의해야겠다. 학자들이 만들어놓은 이론의 틀 속에 갇히면 이단은 이단이 아니고 외설도 더는 외설이 아니다. 순화되어 체제에 갇힌다. 풍문으로 돌아다니는 새로운 시라는 소문들도 들어보면 새롭지 않은 이유다. 새롭고 싶은 욕망이 투영되었을 뿐이다. 그들이 기대고 있는 비평적 배후도 식상하다. 세상은 새롭다는 풍문을 모른 체 하며 새롭게 받아들인다. 관습적인 속임수다. 그것은 시인과 평론가와 편집자와 독자가 손잡은 이론적 틀니의 산물이다. 이단과 외설은 그러므로 하나의 설정이자 가설이다. 그것은 언어가 가 닿기 전의 대상과 현상을 언어에 담는 일이다. 그럴 듯 하다. 이 말은 가능하지 않은 모순이다. 사물에 언어가 닿는 순간 사물도 언어도 제정신이 아니다. 일러서 그런 현상을 시적 효과라고 부른다. 이런 견지에서 은유나 상징으로 불리는 시적 방편들은 시들하다. 시를 시답게 만드는 증강의 언어적 방편이지만 시를 방법적으로 왜곡하는 요소이기도 하다. 견적이 커지는군. 아무 말 대잔치가 되고 있다. 더 생각해볼 문제다. 독자가 시를 읽고 공감했다면 그 시는 의심받아야 한다. 다르게. 거의 틀리게. 그것만이 이단이고 외설이고 진정한 도발이다. 나는 나의 아무 말 대잔치를 너그럽게 용납한다.

내 시 읽고 놀라지 마시오

그것이 바로 내가 원하는 바요

따봉,

시인이 뭐라고 남을 놀래키나요

나도 놀라지 않으니 안심하시오

따봉,

위로받았다고요? 천만에요

나는 시에서 위로받은 적이 없소이다

따봉,

시는 그러니까 에, 또

시는 그러니까

넘어갑시다

—

매너리즘에서 벗어난 시인은 누구시던가. 얼른 떠오르지 않는다. 내일쯤 생각날지도 모르겠다. 이건 내 기억력의 문제이기도 하다. 과하게 보자면 지금의 한국시 전체가 집단적 매너리즘을 겪고 있는지도 모른다. 시단의 유행도 나는 매너리즘으로 이해한다. 당대의 문학적 통념. 한때 나팔바지가 유행했는데 그걸 입지 않은 사람이 왜 그렇게 촌스럽던지. 다리 짧은 나도 입어봤다. 시인과 시인 사이에 아무런 격차가 없어 보이는 시들. 그것이 진정한 매너리즘이다. 당대 문학의 흐름 속에 자기 문학을 쉽게 개입시키는 것은 매너리즘의 본색일 것이다. 이는 우리 문학의 역사에서 반복되는 관습이다. 근거 불충분한 나의 직관이다. 말 같지 않은 소리로 흘려 읽으면 된다.

나는 매너리즘을 개인적 형식으로 승인한다. 컴퓨터를 켜고 벌판 같은 화면을 들여다 본다. 떠오르는 시가 있어서가 아니라 떠오를 기미가 없는 시를 생각한다. 화면에 찍힌 몇 가닥의 시보다 막연한 침묵의 시간을 대면한다. 그렇게 뜸을 들이다보면 화면 뒤에서 느린 걸음으로 다가오는 한 줄의 시. 열 손가락은 분주히 자판을 더듬는다. 이것은 새로운 시다. 초조와 흥분. 생의 어두운 부분을 다 날려버릴 듯. 시만 알 것 같은 기쁨. 초고가 쓰여지고 나면 몸을 관통하던 흥분은 조용히 힘이 빠진다. 쓰던 대로 썼군. 식은 커피를 홀짝거리면서 맥이 빠진 자신을 다독거린다. 그러나 이건 당신이 아껴 써야

할 매너리즘이다. 쓰던 대로 새롭다는 듯이 써야 한다. 내 식으로 승인하면서 생각보다 더 식은 커피잔을 든다.

—

누가 멘델스존의 첼로 소나타를 들으며 펑펑 울었다고 하여 찾아 들으며 나도 조금 울었다. 울 일이 없는 내가 왜 울었는지 모르겠다. 존재가 울음이다. 마음먹으면 언제든지 울 수 있는 사람도 있다지만 부럽지는 않다.

—

장일순, 김민기, 김지하가 술을 마시는 옛날 사진 한 장. 장소는 대낮의 길거리. 테이블 위에는 몇 병의 맥주와 음료수 두어 병. 환타와 환타지. 오래된 사진에 묻어있는 빛바랜 공기. 잠시 찍힌 거리 풍경. 사진 뒤편으로 잠깐 보이는 나뭇잎들이 푸르다. 장일순은 흰색 잠바차림이고 김민기와 김지하는 반팔. 김민기는 청색 벙거지를 뒤로 제껴 썼다. 셋 다 머리가 검다. 장소는 강원도 원주로 짐작된다. 그 동네에서 교수생활했던 내가 행인 1처럼 그 옆을 지나갔을 수도. 대낮부터 건달들이 술판을 벌이고 있군! 셋 다 웃고 있고 김지하는 웃음을 마무리하는 중. 저들과 나는 무관했군. 이것도 유관의 한 증상이다. 이제 셋 다 죽었으니 완생(完生)이다. 이 사진이 나의 어딘가를 오래 건드리고 있다. 어느 순간 억울하게 긁히는 맨살.

—

(속보)

북한군 1명, 새벽 강원 고성으로 도보 귀순 (2024. 08. 20).

—

나는 72세 생존자. 내 뜻은 아니지만 막다른 골목이다. 칠순줄에 접어든 시인들은 어떤 사상으로 지내시는지들 궁금하다. 부고도 슬슬 접수된다. 그러려니 한다. 금생은 살아서는 빠져나갈 방법이 없다. 이런 나이에 시를 끄적이는 건 자부심이 아니다. 늦은 일거리에 갖다붙일 핑계는 좀 있지만 그건 내 소관일 뿐이다. 붕어빵 찍어내듯이 쓴다. 그것도 재주거니 여기면서. 관습이 된 습관. 지치지 않는 인내심. 자기 상투성과의 갈등 없는 타협. 관성의 유지. 자신을 빈정거려 본다. 틀린 말은 아니다. 그런 줄 알면서 쓴다. 어쩌지 못해 쓴다(고 거짓말을 한다). 오늘의 삶은 오늘 뿐이다. 내 시는 오늘의 흔적이다. 과거를 묻지 마세요. 당신의 시는 당신의 시, 나의 삶은 나의 삶. 내일까지 읽힐 시에는 관심이 없다. 시라는 게 내일까지 읽힐 필요가 있을까. 동의하지 않는다. 방금 읽히고 금방의 속도로 소멸하면 된다. 명멸한다. 시는 그렇게 휘발되어야 진정한 시(라고 생각한)다. 엄지척!

—

　나는 스무살에 강릉교육대학에 다녔고 『평균율』을 읽었다.
김영태·마종기·황동규 트리오의 3인 시집. 내 시의 원점일 것
이다. 첫사랑이 그렇듯이. 무지가 순수이듯이. 스무 살의 몽
매한 문학적 얼굴이 거기 박혀 있다. 아쉽게도 그리고 다행스
럽게도 나는 그 자리에서 많이 멀어졌다. 당신 밖에 없다고
말하면서 다른 사람 품에 안기듯이. 몸을 함부로 굴린 날라
리처럼 오염되었다. 나는 잡탕을 끓이고 있다. 세 분 시인은
끝까지 자기 연주를 했거나 지금도 연주 중이다. 나는 공일날
이면 『평균율』 동인들의 연주장 객석에 앉아 있다. 그들은 우
리 문학의 실물로 존재하는 드문 선례다. 그들이 좋은 시인이
냐고? 그런 거 나는 모른다. 나의 문학적 순정이 그 부근에 있
다는 것으로 나는 아련하다. 오규원도 그렇군.

—

누가 내 대신 시를 써주면 좋겠다. 진심이다. 남의 시를 읽으면서 쓰기를 벌충하는 방법도 있다. 남의 시는 그러나 내 입맛을 딱 맞춰주지 않는다. 기성복을 걸쳤을 때와 같은 느낌이랄까. 디자인이 맞으면 색상이 맞지 않고, 색상이 맞으면 품이 맞지 않는다. 어떤 것은 두루 괜찮지만 괜찮을 뿐이다. 딱 맞는 시가 없다. 내 시도 내 입맛을 맞추지 못하는 사정이다. 남의 시를 읽고 안심이 되면 시 같은 거 손 놓아도 된다. 삼성에서 만든 노트북을 쓰면 되는데 굳이 조립해서 쓸 이유는 없다. 남의 시를 읽으면서 아쉬운 대로 자위할 수도 있겠으나 그게 되지 않는다. 이렇게 저물도록 시인에서 연장 근무를 하게 되는 이유다. 세간의 논란처럼 인공지능이 이런 문제를 해결해줄 수 있다면 거기에 미룰 용의가 있다. 압력밥솥에 밥을 맡기듯이. 세신사에게 몸을 맡기듯이. 관능적 수고를 포르노에게 맡기듯이.

—

부도덕한 정치인을 씹었더니 아내가 말했다.
당신은 가만히 있는 게 좋아요.

—

가진 게 시밖에 없었구나
한없이 지루한 이 문장
웃기면서 서글픈 고백이다
문장이 나를 기만하는 거겠지
시가 구원이었다는 소리는
내 앞에서 하지 마시라
시는 그저 방편이었어
무능한 시와 넉넉한 외로움
그것만이 보람이었던 것
집나온 사람, 지명수배자, 네팔 용병들,
서른 전에 죽은 사람, 가짜뉴스 생산자
황망스런 이들의 영혼이 나의 시이기를 바란다

—

내 몸의 8할은 물이다.

날마다 출렁거리는 사정을 달리 찾지 않아도 된다.

—

여섯 명의 남자가 운구를 한다.

한 구(軀)의 시체를 살아있는

여섯 구의 시체가 떠메고 가는 풍경.

—

아시다시피, 대부분의 시는, 거의 전부는 쓰여짐과 동시에
시차 없이 외면 받고 버려진다. 시를 쓴 시인한테서도 사정은
그러하다. 시는 그런 것이라고 쓰려다 키보드에서 손을 거둬
들인다. 모든 책은 저자가 동업자들에게 보내는 회람. 노년기
에 접어든 시인들 대개는 자진해 영업을 끝내고 전광판의 불
을 껐다. 바야흐로 시가 자신과 무관함을 인정하는 방식이다.
설명이 필요 없다. 사납금을 벌지 못한 영업용 택시기사처럼
시에 남아서 잔업중인 시인들의 연장 근무는 측은하다.

—

도서관에서 내 시집을 빌려와서 읽는다. 그렇게까지 해야 되냐고 말할지도 모른다. 나라도 그렇게 하고 싶다. 다소 우습기는 하지만 과히 잘못된 것 같지는 않다. 시집에 오자도 보인다. 다정하다. 내가 빌린 시집은 『시를 소진시키려는 우아하고 감상적인 시도』. 나태주 시를 읽던 독자들이 변심해 내 시를 읽기 시작한다는 가짜뉴스가 있다. 공공도서관 여기저기서 독자와의 대화를 섭외하는 연락이 온다. 현재 2년 치가 밀려 있다. 죄송합니다. 2년 뒤엔 꼭 응하도록 하겠습니다. 시집을 조금만 더 팔아주십시오. 인세가 부족합니다. 이번에야말로 확 팔아서 문학관을 지을 계획입니다. 협조해주세요. 그렇잖아도 번역원에서 내 시집을 영어, 불어, 아르헨티나어로 번역 중에 있습니다. 일본에서는 다음 달에 시판됩니다. 저자 사인회도 참가해야 합니다. 일본의 경우는 저자 사인을 원하는 독자가 많아 예약을 받았다고 합니다. 하루키처럼 젊은 여성이 볼에 키스를 해달라고 하면 어떡해야 할지 걱정입니다. 하루키처럼 독자에 대한 예의를 다하고 싶은데 말입니다. 다음 분! 우좌지간. 내 책을 손수 읽다 보면 별 생각이 다 일어난다. 잡생각에는 세금이 붙지 않아서 다행이다.

비 오는 늦밤
지나간 어느 날의 그 밤처럼
창문에 서성거리는 나뭇가지들
별 한 개짜리 독립영화가 나를 울린다
누가 다녀갔는지 삐끔히 열린 대문
읽어도 끝이 나지 않는
늙은 작가가 쓴 긴 소설의 첫 줄
전철에서 박세현 시집을 읽다가
졸고 있는 노인남자의 흰 머리카락
顯考學生府君 神位

간직하고픈 어떤 순간들을 필사한다
내 곁에서 잠든 소문 없는 슬픔들아

—

밤산책에서 돌아와 모처럼 음악을 듣는다. 휴대폰이 생성하는 음악도 근사한 자기 볼륨이 있다. 음악은 비발디의 사계 중 가을 전 악장. 피아노 편곡이다. 연주자를 찾으려다가 그만둔다. 음악이, 음악은 내게 장식이기도 하다. 처서 지나서 그런가. 나의 어디가 비어서 그런가. 피아노 문장의 해상도가 높다. 누군가 보고 싶다. 누군지 좀 알려주세요.

—

내 글쓰기는 파편적이고 편파적이다. 논리도 없고 이론도 없다. 정색하지 않고 키보드 움직이는 대로 쓴 글이다. 모르는 힘에 들떠서 여기까지 왔다. 사정이 이러하니 혹시 모를 독자에게도 정색하지 말고 읽어 달라는 유의사항을 적는다. 유의사항을 지키지 않으면 독서의 안전사고가 발생할 수도 있기 때문이다. 이게 수필이야 뭐야. 잡탕이잖아. 순잡탕. 이런 불평은 꽤나 정겹다. 저자가 바라는 유의사항을 지켜주시길.

—

시는 헛소리다. 가설이자 방언이다.

그 중에 제일은 역시 헛소리다. 정부와 관념과 관습과 부도덕과 참소리와 진리의 곁길과 의미와 의미의 압박과 가치들, 가치들, 뻔한 성공들과 잠꼬대와 친일문학과 친프랑스문학과 어용문학과 반어용문학과 서명과 세금과 장기요양보험

료와 실비보험과 역사책에 남아서 간섭하는 혼령들과 키오스크 앞에서 낯설어지는 시간과 몇 사람 앞에 놓고 마이크 잡고 있는 사람과 친애하는 동료 시인들과 시낭송과 다양한 인문학적 사기를 참지 못하고 뱉아내는 신음과 복화술이 나에게는 시다. 그것이 그리고 그것만이 시다. 시에서 미학을 구하지 말자. 그건 알리바이다. 여차하면 시는 철학이 되기 쉽다. 나만이라도 조심해야겠다. 참소리의 기만술에 넘어가지 말아야 한다. 헛소리는 헛소리로 읽으면 된다. 그 선을 넘지 않는 것이 독자의 긍지다.

—

왕빙의 영화는 551분도 있고 840분도 있으니 그의 영화를 보면서 잠시 조는 것도 문제가 되지 않는다. 중국의 검열관도 졸았기 때문에 심의에 통과되었을 것이라는 우스개를 진심으로 듣는다. 영상원에서 다음 영화 '미세스 팡'을 기다리는 동안 지하식당에서 낙지비빔밥을 주문한다. 구천원. 아직도 이런 정숙한 가격이 있구나. 식사를 마치고 지상으로 올라와 소화도 시킬 겸 이곳저곳 산보한다. 발끝으로 올라오는 산보의 리듬. 다시 영화관으로 내려가 입장한다. 내 자리는 f열 11번이다. 영화가 끝나고 다큐와 픽션 사잇길을 걸어서 스카이라이프역을 향해 간다. 9번 출구로 들어가 인천공항에서 나를 향해 달려오는 열차를 기다린다. 열차는 제시간에 왔고 다시 서울역에서 갈아타고 상계역에 내린다. 전철역 출구 센서에 경로카드를 대니 기계음이 큰 목소리로 말한다. 행복하세요.

—

『시를 소진시키려는 우아하고 감상적인 시도』

이 책의 일부 또는 전부를 재사용하려면

반드시 저자와 출판사의 동의를 얻을 필요는 없겠습니다.

—

거리에서 젊은 남자가 전단지를 나누어준다.

시인은 저렇게 사는구나.

전단지 하실 분?

—

오늘날 대개의 시는, 아니, 시의 거의 전부는 일기장에 쓰면
될 것을 굳이 발표의 형식과 시집이라는 물성을 거쳐 시인 자
신이 혼자 읽는다. 일인극의 회로다. 자세히 설명해도 사정은
달라지지 않는다. 이것이 숨길 수 없는 2024년 현재 한국시의
유통 구조다. 반론도 있겠지만 어떻게 생각을 바꾸어야 하나.

—

내가 소설을 쓴다고 했더니 웃는 사람 둘. 한 사람은 지인 Q. 그는 빙긋이 웃으며 시나 잘 쓰시지 그런다. 또 한 사람은 같이 살고 있는 사람. 그는 나에 대해 모르는 게 없지만 아는 것도 없다. 주종목도 접어야 할 때라고 그가 단정했다. 그게 다다. 두 사람의 논평을 두고 생각했다. 이제 소설을 써도 되겠구나. 누구의 관심도 없는 다저녁 때에 전등을 켜고 소설을 쓰자고 스스로에게 선언한다. 이런 관점이 내가 쓰려는 소설의 발신 지점이 될 것이다. 기대된다. 그런데 무슨 얘기를 쓰지? 소설가는 꼭 무엇에 대해 쓸려고 노트북을 연다. 답답한 직업이다. 나야 소설가가 아니므로 쓸거리에 시달리지 않아도 된다. 첫줄에서 주인공이 죽는 바람에 더 쓸 것이 없어진 작가처럼 그냥 중얼거리면 될 것이다.

—

"첫 시집은 서울 출판사에서 내고 싶었으나 머리 둘 곳이 없어, 자비로 700부를 발간했다고 했다. 제작비 16만 원, 쌀 열 가마니값은 아버지가 농협에서 빌려줘서 할부로 갚았다. 기차로 운송된 첫 책은 어머니가 사주셨다. 책값은 700원. 애처로운 시절이었다." 2022년 9월 6일 11시 27분에 업데이트된 시인 나태주 인터뷰 기사다. 검색해보니 그 날은 화요일이다. 그날 무얼 했는지 기억나지 않는다. 아마 살지 않았던 것 같다.

—

　마땅히 써야 할 시를 쓰지 못하고 있다. 여전히 쓰고 있는 것은 그 마땅히를 넘고 싶은 욕망이다. 이것이 화두가 되고 있다. 화두란? 미수금으로 남아있는 무엇이다. 마땅히 살아야 했지만 살아보지 못한 미지의 삶. 마땅히 써야 했지만 여태 쓰지 못하는 시. 이것이 화두이자 나의 궁극이다. 북토크 같은 데서 무게 잡고 시인처럼 말하고 싶지만 이런 문제는 입 밖으로 꺼내는 순간 거품이 된다. 누구와 공유할 수 있는 문제가 아니다. 자신과도 공유가 되지 않는 난제다.

—

105　다음 시집에 사용할 저자 약력을 생각한다.
　등단지면 같은 관료적 내용은 통으로 줄인다.

　요즘은 별내별가람역에 가서 산책한다.
　막 출하된 남양주의 뭉게구름을 보면서 4번 출구 스타벅스에서
　아메리카노 아이스를 마신다.
　별내 쪽 얼음조각이 더 시원하다.

　이 정도로 쓰고 싶은데 누군가는 수근거릴지도 모른다.
　어지간히 하시지.

—

바람이 휴지조각처럼 굴러다니던

종로에서 5가쯤이었던가

에릭 사티와 소주 한 병

마음병이 환하게 밝아졌던 겨울 초저녁

뉴욕에서 잠깐 돌아온 한대수 형이

슬픈 유쾌한 몸짓 감추고 무명 무실

무감한 얼굴로 지나갔으니

사티가 저 사람 누구냐고 물었던 거 같다

종로에서 5가쯤이었던가

영하 7도 서울의 밤거리

사티는 몽마르트르 쪽방촌으로

나는 4호선 동대문역 방향으로 헤어졌으니

더 이상의 내용은 없다

—

시집 초고를 읽어주는 사람이 있으면 좋겠다. 그러면 이렇게 원고에 코를 박고 미련을 떨 일은 없겠다. 플로베르는 자신의 소설 초고를 읽어준 사람을 천사라고 불렀다. 나도 그렇게 대우해주고 싶다. 정직하고 똑똑한 독자 한 명만 있다면! 이것이 나의 진정한 욕망이다. 그가 하는 말을 곧이곧대로 들을 용의가 있다. 그가 초고를 읽으며 이건 아니잖어? 그러면 얼른 싹싹 지우겠다. 그를 의심하지 않을 것이다. 이건 뭐야? 저번 시집에서도 써먹었잖어? 방법적으로 이해하고 싶지만 좀 지루하다. 독자의 피로도 생각해야지. 알겠습니다. 그는 시집 제목도 조언해준다. 이건 좋긴 한데 너무 시집 제목 같으니 제외. 네. 이건 제목만 읽으면 시는 읽지 않아도 되겠어. 삭제. 이 제목은 정말 좋다. 굿이야. 그렇지만 마케팅의 대상이 될 여지가 있으니 제외. 시장을 떠돌면 천하잖어? 그건 다른 시인에게 맡기세요. 네. 과감히 젖히겠습니다. 느닷없이, 그가, 선생은 그만 써도 되겠는데…. 그런다면…. 우물쭈물 대답할 것이다. 내일 말씀드리면 안 될까요?

—

내가 쓰는 시는
하루의 기분과 명랑을 위해
팔굽혀펴기를 반복하는 맨손체조 같은 것
더러는 일생이 조율되기도 한다.
하나 둘, 하나 둘

—

『장판지 위에 사이다 두 병』은 2002년에 나온 김영태의 산
문집이다. 지금이 2024년이니까, 어느덧 까무룩한 세월이다.
저자가 두 달 간 신문에 연재했던 시평과 직접 그린 시인의
초상을 묶은 시평집이다. 강릉 본가에서 다시 펼쳐보았다. 볼
륨도 작고 본문의 내용도 몇 줄 되지 않는다. 목탄으로 선 몇
개 그어놓은 듯한 문장들. 정색하지 않고 흘러가는 문장. 오
염된 이론으로 중언부언하는 논평가들의 글과는 차원이 다르
다. 교과서적인 해설을 경멸한다는 말도 이 책에서 듣는다. 정
색하고 쓴 시가 그렇듯이 정색한 시평도 내 독서의 후순위로
밀린다. 내가 공감하는 것은 김영태의 겉멋이다. 일부러 지어
서 그렇게 되는 것은 아니다. 진정성에서 고개를 들 때만 생
기는 덤이다. 내가 잠시 계간지 편집장 의자에 앉아 있었을
때 선생과 처음으로 통화한 잔상 한 토막. 아, 문단에 나왔더
군요. 흐린 목탄 같았던 선생의 첫마디다.

이 시 어때요?
이렇게 물으면 괜찮군,
괜찮아
그는 자기 말을 재확인하듯이
두 번씩 반복한다
그런 인물이 사라졌으니
이제는 내가 나에게 묻고 있다
이 시 어때요?

—

원로시인이 있다. 여러 권의 시집을 통해 새로운 시세계를 개척하면서 독자를 홀리고 존경을 받았다고 하자. 그가 말년에 신작 시집을 냈다고 하자. 기대를 가지고 시집을 펼쳤는데 얼마쯤 실망했다고 하자. 앞선 시집에 비해 달라진 게 없다고 하자. 독자는 새로운 시를 기대한다. 독자는 바람기 많은 남자 같은 존재를 원한다. 다시 원로시인으로 돌아가자. 더 이상 나아갈 길이 없는 원로시인은 긴장감 없이 편한 시를 발표한다. 예전 같으면 하지 않을 일이다. 솔직한 시인이라면 말년에 이르러 독자의 기대와 다른 시적 착종을 드러낼 수도 있다. 나라면 이런 원로시인의 시를 읽으면서 감사하겠다. 늘 새롭게 갱신되는 시만 팡팡 쓴다면 더 지루하지 않을까. 충분히 존중받은 시인에게는 더 무엇을 요구하지 말아야 한다. 그게 독자의 도리다. '사랑은 이제 내게 남아 있지 않아요'(이은하). 그러니 서서히 망가지는 모습을 보여주는 것도 독자 서비스가 아니겠나 싶다. 연민으로 서로를 관망하는 오랜 연인처럼. 나라면 그렇게 하고 싶다. 끝까지 건재하는 시인이 아니라 노화의 속도에 맞게 망가지는 모습이 더 시적일지도 모른다. 시인이라는 가면을 벗고 맨얼굴을 보여주듯이. 갈 데까지 가 본 시인에게만 한정하는 군말이다.

110

—

　시를 읽으면서 시인의 가성(fake voice)이 들려오면 시집을 접는다. 내 얘기는 아니지만 결국은 내 얘기다. 자판에서 잠깐 손을 불러들인다. (투수 코치가 투수에게 작전지시를 하듯이) 너무 진지하면 가성이 나오기 쉬우니 조심하라!

—

　중국에서 자신의 영화를 한 편도 개봉하지 못했다는
　왕빙 감독과 그가 찍은 다큐에 심심한 연민과 경의를 보낸다.

—

당신은 어디 계신가 탐문했더니
유튜브에 주저앉아서
쌍팔년도 자기 서사를 되씹고 있더군요
그럴 수도 있겠지요
흰 머리카락의 무감(無感)
시간에도 덜 녹은 문어체의 말투
그때는 그랬어 그랬다구
유품이 된 시대를 꺼내드는 모습도
과하게 느껴지지 않았습니다
당신 말마따나 그맨 그랬지요
그러나 (다음 말은 참는 것이   112
체크아웃된 당신에게도 잊혀진
당신의 시대에도 예의라고 생각되어
말을 줄입니다)

—

한 신문사의 설문 조사를 읽는다. 김억, 주요한, 김소월의 시집이 백 살을 맞는 해를 기념하는 특집이다. 설문은 시인들이 좋아하는 시인을 묻는 것이다. 응답자는 문지와 창비에서 시집을 낸 시인들이다. 시인들의 정신적 기반을 엿볼 수 있고, 현실문단의 자장력도 확인하는 기회다. 일종의 과표집이랄까. 조사에 응답한 현역 시인들의 문학적 좌표도 자연스럽게 파악된다. 한국문학이 지나간 100년을 헛딛고 있다는 느낌은 나의 것이다. 누상에 있는 모든 주자를 홈으로 불러들이며 주자일소를 시켜버리는 타자를 기대한 것은 아니다. 문학사상 유례없는 경이를 선사한 시인도 대체로 없었다는 뜻이다. 이 조사는 그 점에서 솔직한 편이다. 통계에서 빠져나간 시인들은 차라리 다행이라는 생각.

—

시는 처방전 없이 각자가 앓는 정신병이다. 지금껏 보고된 발병 원인은 알려진 게 없다. 재수 없으면 걸린다는 게 업계의 정설이다. 환상의 돌림병. 전염의 경로도 다르고 증상도 구구각각. 손을 씻거나 마스크를 쓴다고 예방할 수 있는 병이 아니다. 치유책이 있다는 듯이 종이 위에서 떠드는 이단들을 조심해야 한다. 그중 나은 치유방법은 유사 문학의 사기술에 속지 않겠다는 자신과의 서약이다. 네 삶을 써라! 그대의 삶이 있다는 가정 속에서만 가능한 격언이다.

—

시를 쓴다지만, 자기 시를 쓴다지만, 자기 시는 어떤 것인가. (여러 줄 삭제) 잘 쓴 시는 많다. 그렇지만 홀딱 반할 시는 없다. 있어 본 적이 없다. 그런 시는 모든 시에 대한 돌이킬 수 없는 억압이다. 정말로 잘 쓴 시가 있다면 이후의 시는 쓰여져야 할 리유가 없다. 시를 쓴다는 것은 한 번도 있어본 적이 없는 시를 불러내는 증상이다. 설령 그런 시가 있다고 쳐도 그것은 그것이 아닐 것이다. 아니어야만 한다. 헛수고의 아름다움이여. 오늘도 수고하자.

—

국내작가의 소설을 읽으면서 생각한다. 믿고 읽는 작가지만 이런저런 아쉬움이 남는다. 늘 하던 얘기를 되풀이 하는 것으로 읽힌다. 촉망받는 작가의 글을 읽을 때도 그런 느낌은 있다. 왜 이렇게 스토리가 뻔하지. 적당한 성공작 아닌가. 유행에 묻어가려는가. 이 작가는 이제 읽지 않아도 되겠군. 조용히 책을 덮으면서 다시 생각한다. 창작에 관성이 있다면 독서에도 관성이 작동한다. 새로운 작품도 자신의 이해 범주인 가두리 속으로 끌어들여야 안심이 되는 업력(業力)이 그것이다. 새롭다는 착각이 있다면 낡았다는 착각도 있는 법. 편견에 물든 나의 읽기는 문제가 많다.

—

나의 시는 언어의 맥거핀이다.
무엇이 있는 듯이 쓰지만 거기까지다.
굳이 말하자면 다정스런 무(無)를 껴안는 일이
나의 시(세계)일 것이라고 추산한다.

84일간 빈 배로 돌아오는 산티아고 노인처럼
다음 날 다시 바다로 나서며 자신의
흐린 손금을 들여다보는 어부처럼
나의 시는 거기까지다.

—

이런 게 시냐.
이런 것만 시다.
100년 만에 뜻 없이 웃는다.
시 한 줄에 매달려 웃어도 괜찮다.
이렇게라도 문학에 붙어있고 싶은 것은
개인적인 문제니까.

—

시에 표기된 나는 쓰여진 나이고 문장 속의 주체다. 소설 속 인물이 작가는 아니듯이 시속의 나도 나는 아니다. 나도 모르는 나다. 나를 나라고 할수록 나는 멀어진다. 분열된 나. 그게 나다. 아트만. 나는 허구적 실존이다. 나라고 쓰지만 나일 수 없는 내가 시 속에서 나를 연기한다. 내가 쓰는 시는 그러므로 그가 쓰는 시다. 나는 그가 쓰는 시의 교정을 보아주는 정도의 인물이다. 그럼에도 불구하고 나의 여생은 그런 나를 기다리는 시간이 될 것이다.

—

작시법이라는 유령이 떠돌고 있다. 작시법이 없으면 시를 쓸 수 없단다. 시를 쓰자면 제목이 있어야지. 쓸거리도 있어야지. 이게 다 작시법의 교조적 압력이 아니던가. 먼저 첫줄을 써야 한다. 그래야 다음 줄을 쓸 수 있다. 기표의 연쇄. 모든 게 작시법의 욕망이다. 쓰고 싶은 욕망과 고민도 작시법에 속한다. 쓸쓸하고 헛헛함도 작시법이다. 작시법을 벗어나고 싶은 욕망도 작시법이다. 잘 쓰고 싶은 것도 문학상을 타고 싶은 것도 인터넷에 올리고 싶은 자기 현시도 작시법의 증상이다. 시집에 멋진 펜으로 사인하는 일도 작시법에 속한다. 세상의 모든 작시법과 헤어지자. 이런 허세도 간과할 수 없는 나의 작시법이다.

　도서관에 책을 읽으러 가는 것이 아니고 도서관에 없는 책을 탐문하러 간다. 쓰여진 적이 없기에 서가에 꽂히지 않은 책을 탐색한다. 그런 책이 있을 것인가? 글쟁이는 그런 문제를 고심하는 종족이다. 서가의 책들은 다양한 포즈로 독자를 호객한다. 다음 생까지 읽어도 이 책들의 거의 대부분은 읽어내지 못한다. 도서관은 책을 읽는 곳이 아니라 도서관을 통째로 사유하는 공간이다. 지금 서고를 채우면서 출렁거리는 생각들을 개념해보는 일이 그것이다. 어두운 방에서 불을 밝히고 식탁에 앉아 조용히 음미하고 싶은 한 끼의 라면 같은 책이 내가 가슴으로 읽고 싶은 책이다. 모르는 작가의 구상 속에서 머물고 있는 책이 읽고 싶다. 그가 누구든 나는 그를 지지하며 기다리겠다. 도서관을 나서며 직원에게 말했다. 도서관에 불을 지르고 싶다고! 남직원은 씨익 웃으며 대답했다. 제가 근무하는 날 밤에 휘발유를 들고 오세요. 기다리겠습니다.

—

　밤의 극장에서 혼자 앉아 홍상수의 '수유천'을 본다. 잘나
가던 배우 겸 감독이었던 권해효는 블랙리스트에 올라 지금
은 강릉에서 작은 서점을 경영하고 있다. 강릉에서 작은 서점
을 경영하는 권해효가 조카 김민희가 가르치는 제자들의 촌
극 연출을 부탁받는다. 권해효가 강릉에서 경영하는 서점이
내가 가끔 들르는 그 집인가? 권해효가 강릉에서 경영할지도
모르는 작은 서점 주인은 블랙리스트에 오른 권해효를 어느
정도 닮고 있다. 서점 주인은 강릉에서는 팔리지 않을 책들만
서점에 진열한다. 블랙리스트에 오른 권해효가 강릉에서 경영
할지도 모르는 작은 서점에 내 시집이 한 권 있다는 소문을
들었다. 별일이군! 그러면서 바닷가 서점을 나서는 꿈을 꾸었
다. 홍상수가 9년째 불륜을 이어온다고 알려준다. 기자들의
계산이다. 당신은 몇 년째인가? '수유천'에 실망하기를 기대했
지만 기대는 빗나갔다. 여러 번 웃었고, 한두 번은 울었다. 영
화가 꺼내준 속울음이다. 계곡으로 사라졌다가 나타난 김민
희에게 권해효는 거기 뭐 볼 거 있냐고 묻는다. 김민희는 웃으
며 대답한다. '아무것도 없어요. 정말 아무것도 없어요.' 이것
이 마지막 장면. 압권. 각본 감독 촬영 편집 음악 홍상수. 나
는 홍상수의 전작주의자다. 영화는 모르지만 홍상수, 장률,
왕빙, 정성일의 영화라면 자다가도 일어나 영화관으로 간다.
홍상수 영화를 두고 그것도 영화냐고 말하는 사람이 나는 부
럽다. 나는 왜 그렇게 하지 못하는가. 나는 왜 그가 멋대로 찍

118

는 영화가 좋은가. 나는 왜 그가 제멋대로 찍는 계보 없는 영
화를 탐닉하는가. 나는 철지난 문학론보다 홍상수의 영화문
법을 참조한다. 잘 알지도 못하면서 힘주어 떠드는 말이 내가
지향하는 시이기 때문이다.

—

모든 글쓰기는 존재의 거짓 증언이다. (김홍중)

—

끝까지 시를 쓰는 문인에 대한 경외심을 철회하게 될지도
모르겠다. 그게 뭐라고 끝까지 집착하겠는가. 그러나 나는 끝
까지 쓰고 싶다. 끝까지 쓴다고 결승점에 이르는 것은 아니다.
시는 내게 유일한 자기 연출의 푸닥거리다. 할 일이 없다는 뜻
도 포함된다. 게다가 나는 독자의 지지도 없다. 존재론적 징징
거림. 쓰는 자의 지점과 읽는 자의 지점은 어차피 같지 않다.
글쓰기의 팔자다. 나는 내가 쓴 몫만 챙기겠다. 독자 없는 복
도 복. 미스터치에 환호하는 독자도 독자겠지만.

—

헛짓에 삼배
이것이 나의 시쓰기외다.

—

시에 찌든 얼굴로 그가 내게 왔을 때
비바람 부는 밤이었던가
나는 무슨 말을 해줬을까
그렇게 살지 마라
동네 빽다방 커피를 마시며
그리 말하지는 않았을 거다
72년을 살아봤지만 세상천지에
내 말 들을 사람은 없다는 것
시에 찌들어도 단단히 찌들어버린 그가
역시 내 하소연을 들어줄 이유는 없다
그는 문필 애호가 혹은 인생 애호가
그날 이후 우리는 흔한
기별 한 장 없이 헤어졌으니
무조건 아름다워라